2023

AGENDA FAMILIAL

mémoniak

Bienvenue dans notre famille !

DE SEPTEMBRE 2022 À DÉCEMBRE 2023

ISBN 978-2-38382-014-7 – Dépôt légal : mai 2022.

éditions 365

www.editions365.eu
Média Diffusion. Distribution MDS.

SOMMAIRE

INFOS FAMILLE

Nom ...

Adresse ...

Code postal ... Ville ...

Tél. maison ...

E-mail ... @ ...

Code porte ... Code Wi-Fi ...

TRAVAIL ...

Adresse ...

Tél. bureau ... Portable ...

E-mail ... @ ...

Horaires de travail ...

TRAVAIL ...

Adresse ...

Tél. bureau ... Portable ...

E-mail ... @ ...

Horaires de travail ...

AUTRES PARENTS

Nom ... Prénom ...

Adresse ...

Tél. ... Portable ...

E-mail ... @ ...

Nom ... Prénom ...

Adresse ...

Tél. ... Portable ...

E-mail ... @ ...

INFOS ENFANTS

Prénom :
Classe :

N° de portable :
Anniversaire :
Adore :
Déteste :
Allergies :

Groupe sanguin :
Traitement en cours :
Vaccins :
Faits le :
Se couche à :
Taille vêtements :
Pointure :

Prénom :
Classe :

N° de portable :
Anniversaire :
Adore :
Déteste :
Allergies :

Groupe sanguin :
Traitement en cours :
Vaccins :
Faits le :
Se couche à :
Taille vêtements :
Pointure :

Prénom :
Classe :

N° de portable :
Anniversaire :
Adore :
Déteste :
Allergies :

Groupe sanguin :
Traitement en cours :
Vaccins :
Faits le :
Se couche à :
Taille vêtements :
Pointure :

INFOS ENFANTS

Prénom :
Classe :

N° de portable :

Anniversaire :

Adore :

Déteste :

Allergies :

Groupe sanguin :

Traitement en cours :

Vaccins :

Faits le :

Se couche à :

Taille vêtements :

Pointure :

INFOS PARENTS

Prénom :

Anniversaire :

Groupe sanguin :

Allergies :

Traitement en cours :

Taille en cm :

Taille standard (XS, S, M, L, XL...) :

Taille de haut :

Taille de pantalon :

Pointure :

Prénom :

Anniversaire :

Groupe sanguin :

Allergies :

Traitement en cours :

Taille en cm :

Taille standard (XS, S, M, L, XL...) :

Taille de haut :

Taille de pantalon :

Pointure :

BABY-SITTERS

Nom .... Tél. ....

Nom .... Tél. ....

Nom .... Tél. ....

Nom .... Tél. ....

Nom .... Tél. ....

Nom .... Tél. ....

CRÈCHES

Nom .... Tél. ....

Nom .... Tél. ....

Quand les parents sont absents...

Collez ici
un message repositionnable.

Écrivez sur ce message
l'endroit et le numéro
où vous êtes joignables,
et les instructions particulières
du jour.

AMIS DES ENFANTS

Ami de	Nom	Parents	Tél.

ACTIVITÉS DES ENFANTS

Prénom	Activité	Jour et horaire	Contact	Tél.

ÉCOLES

Établissement ....

Adresse ....

Responsable .... Maître(sse) ....

Tél. .... Fax ....

E-mail .... @ ....

Établissement ....

Adresse ....

Responsable .... Maître(sse) ....

Tél. .... Fax ....

E-mail .... @ ....

Établissement ....

Adresse ....

Responsable .... Maître(sse) ....

Tél. .... Fax ....

E-mail .... @ ....

CALENDRIER DES VACANCES*

Zone A
Besançon, Bordeaux, Clermont-Ferrand, Dijon, Grenoble, Limoges, Lyon, Poitiers.

Zone B
Aix-Marseille, Amiens, Lille, Nancy-Metz, Nantes, Nice, Normandie, Orléans-Tours, Reims, Rennes, Strasbourg.

Zone C
Créteil, Montpellier, Paris, Toulouse, Versailles.

Rentrée des classes
Jeudi 1er septembre 2022.

Vacances de la Toussaint
Du samedi 22 octobre au lundi 7 novembre 2022.

Vacances de Noël
Du samedi 17 décembre 2022 au mardi 3 janvier 2023.

Vacances d'hiver
Zone A : du samedi 4 au lundi 20 février 2023.
Zone B : du samedi 11 au lundi 27 février 2023.
Zone C : du samedi 18 février au lundi 6 mars 2023.

Vacances de printemps
Zone A : du samedi 8 au lundi 24 avril 2023.
Zone B : du samedi 15 avril au mardi 2 mai 2023.
Zone C : du samedi 22 avril au lundi 9 mai 2023.

Pont de l'Ascension
Du mercredi 17 au lundi 22 mai 2023.

Vacances d'été
Samedi 8 juillet 2023.

Rentrée des classes
Jeudi 31 août 2023.

Vacances de la Toussaint
Du samedi 21 octobre au lundi 6 novembre 2023.

Vacances de Noël
Du samedi 16 décembre 2023 au mardi 2 janvier 2024.

Le départ en vacances a lieu après la classe, la reprise des cours le matin du jour indiqué.

*Des changements ont pu être décidés par le ministère de l'Éducation nationale concernant les dates de vacances scolaires entre la date d'impression et la date de commercialisation de cet agenda. Nous vous conseillons de les vérifier sur le site Internet du ministère de l'Éducation nationale avant toute utilisation.

EMPLOIS DU TEMPS DES ENFANTS

Prénom ______________________________

Horaires	Lundi	Mardi	Mercredi	Jeudi	Vendredi	Samedi

Prénom ______________________________

Horaires	Lundi	Mardi	Mercredi	Jeudi	Vendredi	Samedi

EMPLOIS DU TEMPS DES ENFANTS

Prénom

Horaires	Lundi	Mardi	Mercredi	Jeudi	Vendredi	Samedi

Prénom

Horaires	Lundi	Mardi	Mercredi	Jeudi	Vendredi	Samedi

MÉDECINS

Généraliste E-mail

Adresse Tél.

Dentiste E-mail

Adresse Tél.

Pédiatre E-mail

Adresse Tél.

O.R.L. E-mail

Adresse Tél.

Ophtalmo. E-mail

Adresse Tél.

Gynécologue E-mail

Adresse Tél.

Kiné. E-mail

Adresse Tél.

E-mail

Adresse Tél.

E-mail

Adresse Tél.

E-mail

Adresse Tél.

DIVERS

Hôpital

Clinique

Autre

BUDGET FAMILIAL 2022

Catégories	Septembre	Octobre	Novembre	Décembre
Loyer/Emprunt				
Électricité, fuel, gaz				
Eau				
Tél., Internet				
Assurances				
Ménage				
Pressing				
Alimentation				
Cantine				
Vêtements				
Écoles				
Soutien scolaire				
Activités				
Coiffeur				
Voiture				
Parkings				
Essence, péages				
Train				
Métro, bus, tram				
Mutuelle				
Médecins				
Dentaire/Optique				
Médicaments				
Remboursements	-	-	-	-
Sorties				
Cinéma				
Week-ends				
Restaurants				
Vacances				
Impôts				
Impôts locaux				
Divers				
....				
....				
....				
TOTAL				

CALENDRIER 2022

Janvier 2022

Sem.	Date	Jour	Fête
52	1	S	Jour de l'An
	2	D	
	3	L	
	4	M	
	5	M	
1	6	J	
	7	V	
	8	S	
	9	D	
	10	L	
	11	M	
	12	M	
2	13	J	
	14	V	
	15	S	
	16	D	
	17	L	
	18	M	
	19	M	
3	20	J	
	21	V	
	22	S	
	23	D	
	24	L	
	25	M	
	26	M	
4	27	J	
	28	V	
	29	S	
	30	D	
5	31	L	

Février 2022

Sem.	Date	Jour	Fête
	1	M	
	2	M	
5	3	J	
	4	V	
	5	S	
	6	D	
	7	L	
	8	M	
	9	M	
6	10	J	
	11	V	
	12	S	
	13	D	
	14	L	
	15	M	
	16	M	
7	17	J	
	18	V	
	19	S	
	20	D	
	21	L	
	22	M	
	23	M	
8	24	J	
	25	V	
	26	S	
	27	D	
9	28	L	

Mars 2022

Sem.	Date	Jour	Fête
	1	M	
	2	M	
9	3	J	
	4	V	
	5	S	
	6	D	
	7	L	
	8	M	
	9	M	
10	10	J	
	11	V	
	12	S	
	13	D	
	14	L	
	15	M	
	16	M	
11	17	J	
	18	V	
	19	S	
	20	D	
	21	L	
	22	M	
	23	M	
12	24	J	
	25	V	
	26	S	
	27	D	
	28	L	
	29	M	
13	30	M	
	31	J	

Avril 2022

Sem.	Date	Jour	Fête
	1	V	
13	2	S	
	3	D	
	4	L	
	5	M	
	6	M	
14	7	J	
	8	V	
	9	S	
	10	D	
	11	L	
	12	M	
	13	M	
15	14	J	
	15	V	
	16	S	
	17	D	Pâques
	18	L	Lundi de Pâques
	19	M	
	20	M	
16	21	J	
	22	V	
	23	S	
	24	D	
	25	L	
	26	M	
	27	M	
17	28	J	
	29	V	
	30	S	

Mai 2022

Sem.	Date	Jour	Fête
17	1	D	Fête du Travail
	2	L	
	3	M	
	4	M	
18	5	J	
	6	V	
	7	S	
	8	D	Victoire de 1945
	9	L	
	10	M	
	11	M	
19	12	J	
	13	V	
	14	S	
	15	D	
	16	L	
	17	M	
	18	M	
20	19	J	
	20	V	
	21	S	
	22	D	
	23	L	
	24	M	
	25	M	
21	26	J	Ascension
	27	V	
	28	S	
	29	D	
	30	L	
22	31	M	

Juin 2022

Sem.	Date	Jour	Fête
	1	M	
	2	J	
22	3	V	
	4	S	
	5	D	Pentecôte
	6	L	Lundi de Pentecôte
	7	M	
	8	M	
23	9	J	
	10	V	
	11	S	
	12	D	
	13	L	
	14	M	
	15	M	
24	16	J	
	17	V	
	18	S	
	19	D	
	20	L	
	21	M	
	22	M	
25	23	J	
	24	V	
	25	S	
	26	D	
	27	L	
26	28	M	
	29	M	
	30	J	

Juillet 2022

Sem.	Date	Jour	Fête
	1	V	
26	2	S	
	3	D	
	4	L	
	5	M	
	6	M	
27	7	J	
	8	V	
	9	S	
	10	D	
	11	L	
	12	M	
	13	M	
28	14	J	Fête nat. française
	15	V	
	16	S	
	17	D	
	18	L	
	19	M	
	20	M	
29	21	J	
	22	V	
	23	S	
	24	D	
	25	L	
	26	M	
	27	M	
30	28	J	
	29	V	
	30	S	
	31	D	

Août 2022

Sem.	Date	Jour	Fête
	1	L	
	2	M	
	3	M	
31	4	J	
	5	V	
	6	S	
	7	D	
	8	L	
	9	M	
	10	M	
32	11	J	
	12	V	
	13	S	
	14	D	
	15	L	Assomption
	16	M	
	17	M	
33	18	J	
	19	V	
	20	S	
	21	D	
	22	L	
	23	M	
	24	M	
34	25	J	
	26	V	
	27	S	
	28	D	
	29	L	
35	30	M	
	31	M	

Septembre 2022

Sem.	Date	Jour	Fête
	1	J	
35	2	V	
	3	S	
	4	D	
	5	L	
	6	M	
	7	M	
36	8	J	
	9	V	
	10	S	
	11	D	
	12	L	
	13	M	
	14	M	
37	15	J	
	16	V	
	17	S	
	18	D	
	19	L	
	20	M	
	21	M	
38	22	J	
	23	V	
	24	S	
	25	D	
	26	L	
	27	M	
39	28	M	
	29	J	
	30	V	

Octobre 2022

Sem.	Date	Jour	Fête
39	1	S	
	2	D	
	3	L	
	4	M	
	5	M	
40	6	J	
	7	V	
	8	S	
	9	D	
	10	L	
	11	M	
	12	M	
41	13	J	
	14	V	
	15	S	
	16	D	
	17	L	
	18	M	
	19	M	
42	20	J	
	21	V	
	22	S	
	23	D	
	24	L	
	25	M	
	26	M	
43	27	J	
	28	V	
	29	S	
	30	D	
44	31	L	

Novembre 2022

Sem.	Date	Jour	Fête
	1	M	Toussaint
	2	M	
44	3	J	
	4	V	
	5	S	
	6	D	
	7	L	
	8	M	
	9	M	
45	10	J	
	11	V	Armistice de 1918
	12	S	
	13	D	
	14	L	
	15	M	
	16	M	
46	17	J	
	18	V	
	19	S	
	20	D	
	21	L	
	22	M	
	23	M	
47	24	J	
	25	V	
	26	S	
	27	D	
	28	L	
48	29	M	
	30	M	

Décembre 2022

Sem.	Date	Jour	Fête
	1	J	
48	2	V	
	3	S	
	4	D	
	5	L	
	6	M	
	7	M	
49	8	J	
	9	V	
	10	S	
	11	D	
	12	L	
	13	M	
	14	M	
50	15	J	
	16	V	
	17	S	
	18	D	
	19	L	
	20	M	
	21	M	
51	22	J	
	23	V	
	24	S	
	25	D	Noël
	26	L	
	27	M	
	28	M	
52	29	J	
	30	V	
	31	S	

■ Zone A ■ Zone B ■ Zone C. Voir liste des zones de vacances scolaires en page 9.

CALENDRIER 2023

Sem.	Janvier 2023	Sem.	Février 2023	Sem.	Mars 2023	Sem.	Avril 2023	Sem.	Mai 2023	Sem.	Juin 2023
52	1 D Jour de l'An		1 M		1 M	13	1 S		1 L Fête du Travail		1 J
	2 L		2 J		2 J		2 D		2 M	22	2 V
	3 M	5	3 V	9	3 V		3 L		3 M		3 S
	4 M		4 S		4 S		4 M	18	4 J		4 D
1	5 J		5 D		5 D		5 M		5 V		5 L
	6 V		6 L		6 L	14	6 J		6 S		6 M
	7 S		7 M		7 M		7 V		7 D		7 M
	8 D		8 M		8 M		8 S		8 L Victoire 1945	23	8 J
	9 L	6	9 J	10	9 J		9 D Pâques		9 M		9 V
	10 M		10 V		10 V		10 L Lundi de Pâques		10 M		10 S
	11 M		11 S		11 S		11 M	19	11 J		11 D
2	12 J		12 D		12 D		12 M		12 V		12 L
	13 V		13 L		13 L	15	13 J		13 S		13 M
	14 S		14 M		14 M		14 V		14 D		14 M
	15 D		15 M		15 M		15 S		15 L	24	15 J
	16 L	7	16 J	11	16 J		16 D		16 M		16 V
	17 M		17 V		17 V		17 L		17 M		17 S
	18 M		18 S		18 S		18 M	20	18 J Ascension		18 D
3	19 J		19 D		19 D		19 M		19 V		19 L
	20 V		20 L		20 L	16	20 J		20 S		20 M
	21 S		21 M		21 M		21 V		21 D		21 M
	22 D		22 M		22 M		22 S		22 L	25	22 J
	23 L	8	23 J	12	23 J		23 D		23 M		23 V
	24 M		24 V		24 V		24 L		24 M		24 S
	25 M		25 S		25 S		25 M	21	25 J		25 D
4	26 J		26 D		26 D		26 M		26 V		26 L
	27 V	9	27 L		27 L	17	27 J		27 S		27 M
	28 S		28 M		28 M		28 V		28 D Pentecôte	26	28 M
	29 D			13	29 M		29 S		29 L Lundi de Pentecôte		29 J
5	30 L				30 J		30 D	22	30 M		30 V
	31 M				31 V				31 M		

Sem.	Juillet 2023	Sem.	Août 2023	Sem.	Septembre 2023	Sem.	Octobre 2023	Sem.	Novembre 2023	Sem.	Décembre 2023
26	1 S		1 M		1 V	39	1 D		1 M Toussaint		1 V
	2 D		2 M	35	2 S		2 L		2 J	48	2 S
	3 L	31	3 J		3 D		3 M	44	3 V		3 D
	4 M		4 V		4 L		4 M		4 S		4 L
	5 M		5 S		5 M	40	5 J		5 D		5 M
27	6 J		6 D		6 M		6 V		6 L		6 M
	7 V		7 L	36	7 J		7 S		7 M	49	7 J
	8 S		8 M		8 V		8 D		8 M		8 V
	9 D		9 M		9 S		9 L	45	9 J		9 S
	10 L	32	10 J		10 D		10 M		10 V		10 D
	11 M		11 V		11 L		11 M		11 S Armistice de 1918		11 L
	12 M		12 S		12 M	41	12 J		12 D		12 M
28	13 J		13 D		13 M		13 V		13 L		13 M
	14 V Fête nat. française		14 L	37	14 J		14 S		14 M	50	14 J
	15 S		15 M Assomption		15 V		15 D		15 M		15 V
	16 D		16 M		16 S		16 L	46	16 J		16 S
	17 L	33	17 J		17 D		17 M		17 V		17 D
	18 M		18 V		18 L		18 M		18 S		18 L
	19 M		19 S		19 M	42	19 J		19 D		19 M
29	20 J		20 D		20 M		20 V		20 L		20 M
	21 V		21 L	38	21 J		21 S		21 M	51	21 J
	22 S		22 M		22 V		22 D		22 M		22 V
	23 D		23 M		23 S		23 L	47	23 J		23 S
	24 L	34	24 J		24 D		24 M		24 V		24 D
	25 M		25 V		25 L		25 M		25 S		25 L Noël
	26 M		26 S		26 M	43	26 J		26 D		26 M
30	27 J		27 D	39	27 M		27 V		27 L		27 M
	28 V		28 L		28 J		28 S	48	28 M	52	28 J
	29 S		29 M		29 V		29 D		29 M		29 V
	30 D	35	30 M		30 S	44	30 L		30 J		30 S
31	31 L		31 J				31 M				31 D

SEPTEMBRE 2022

Octobre 2022

L	M	M	J	V	S	D
					1	2
3	4	5	6	7	8	9
10	11	12	13	14	15	16
17	18	19	20	21	22	23
24	25	26	27	28	29	30
31						

Novembre 2022

L	M	M	J	V	S	D
	1	2	3	4	5	6
7	8	9	10	11	12	13
14	15	16	17	18	19	20
21	22	23	24	25	26	27
28	29	30				

Lundi	Mardi	Mercredi	Jeudi
(Octobre 2022)	(Novembre 2022)		1 S. 35 *Rentrée des classes*
5 S. 36 *Fête du Travail (Canada)*	6	7	8
12 S. 37	13	14	15
19 S. 38	20	21	22
26 S. 39	27	28	29

OBJECTIFS DU MOIS

Vendredi	Samedi	Dimanche
2	3	4
9	10	11
16	17	18
23 Automne	24	25
30		

- Faire un point sur les vêtements des enfants
- S'occuper des inscriptions aux activités extra-scolaires
- Prendre RDV chez le médecin pour les certificats médicaux pour le sport
- Préparer les vacances de la Toussaint

Courses

Missions de la semaine

TÂCHES	▶ QUI S'EN CHARGE ?
	▶
	▶
	▶
	▶
	▶
	▶
	▶
	▶

Astuce de la semaine

Dites adieu aux poux !

Appliquez de l'huile d'olive sur les cheveux. Laissez agir toute une nuit en les couvrant de film plastique. Le lendemain, passez-y le peigne à poux : ces petites bêtes glisseront ! Lavez et rincez bien les cheveux pour éviter qu'ils ne restent gras.

Septembre 2022

L	M	M	J	V	S	D
			1	2	3	4
5	6	7	8	9	10	11
12	13	14	15	16	17	18
19	20	21	22	23	24	25
26	27	28	29	30		

Octobre 2022

L	M	M	J	V	S	D
					1	2
3	4	5	6	7	8	9
10	11	12	13	14	15	16
17	18	19	20	21	22	23
24	25	26	27	28	29	30
31						

Notes

AOÛT/SEPT. 2022

Semaine 35

LUNDI **29** Ste Sabine

MARDI **30** St Fiacre

MERCREDI **31** St Aristide

JEUDI **1** St Gilles

Rentrée des classes

VENDREDI **2** Ste Ingrid

SAMEDI **3** St Grégoire

DIMANCHE **4** Ste Rosalie

Menus

Courses

○
○
○
○
○
○
○
○
○
○
○
○
○
○
○
○
○
○
○
○
○
○
○
○
○
○
○
○
○
○
○
○
○
○

Missions de la semaine

TÂCHES	▶ QUI S'EN CHARGE ?
	▶
	▶
	▶
	▶
	▶
	▶
	▶
	▶

Astuce de la semaine

Débarrassez-vous de l'odeur de poubelle

Vous pouvez déposer un peu de bicarbonate de soude au fond de votre poubelle ou un coton imbibé d'une goutte d'huile essentielle de lavande et d'une goutte d'huile essentielle d'arbre à thé.

Septembre 2022

L	M	M	J	V	S	D
			1	2	3	4
5	6	7	8	9	10	11
12	13	14	15	16	17	18
19	20	21	22	23	24	25
26	27	28	29	30		

Octobre 2022

L	M	M	J	V	S	D
					1	2
3	4	5	6	7	8	9
10	11	12	13	14	15	16
17	18	19	20	21	22	23
24	25	26	27	28	29	30
31						

Notes

SEPTEMBRE 2022

Semaine 36

LUNDI 5 — Ste Raïssa
Fête du Travail (Canada)

MARDI 6 — St Bertrand

MERCREDI 7 — Ste Reine

JEUDI 8 — St Adrien
Nativité de la Vierge Marie

VENDREDI 9 — St Alain

SAMEDI 10 — ☺ Ste Inès

DIMANCHE 11 — St Adelphe

Menus

Courses

- [ ]
- [ ]
- [ ]
- [ ]
- [ ]
- [ ]
- [ ]
- [ ]
- [ ]
- [ ]
- [ ]
- [ ]
- [ ]
- [ ]
- [ ]
- [ ]
- [ ]
- [ ]
- [ ]
- [ ]
- [ ]
- [ ]
- [ ]
- [ ]
- [ ]
- [ ]
- [ ]
- [ ]
- [ ]
- [ ]
- [ ]
- [ ]
- [ ]
- [ ]
- [ ]
- [ ]
- [ ]

Missions de la semaine

TÂCHES	▶ QUI S'EN CHARGE ?
	▶
	▶
	▶
	▶
	▶
	▶
	▶
	▶

Astuce de la semaine

Masquez une rayure sur un meuble

Pour effacer de petites rayures, il suffit de décortiquer une noix et de la frotter sur la marque. Si le meuble est en acajou, ajoutez de la teinture d'iode à l'aide d'un Coton-Tige, et le tour est joué !

Septembre 2022

L	M	M	J	V	S	D
			1	2	3	4
5	6	7	8	9	10	11
12	13	14	15	16	17	18
19	20	21	22	23	24	25
26	27	28	29	30		

Octobre 2022

L	M	M	J	V	S	D
					1	2
3	4	5	6	7	8	9
10	11	12	13	14	15	16
17	18	19	20	21	22	23
24	25	26	27	28	29	30
31						

Notes

SEPTEMBRE 2022

Semaine 37

LUNDI 12 — St Apollinaire

MARDI 13 — St Aimé

MERCREDI 14 — St Materne

JEUDI 15 — St Roland

VENDREDI 16 — Ste Édith

SAMEDI 17 — ☾ St Renaud

DIMANCHE 18 — Ste Nadège

Menus

Courses

- ○
- ○
- ○
- ○
- ○
- ○
- ○
- ○
- ○
- ○
- ○
- ○
- ○
- ○
- ○
- ○
- ○
- ○
- ○
- ○
- ○
- ○
- ○
- ○
- ○
- ○
- ○
- ○
- ○
- ○
- ○
- ○
- ○
- ○

Missions de la semaine

TÂCHES	▶ QUI S'EN CHARGE ?
	▶
	▶
	▶
	▶
	▶
	▶
	▶
	▶

Astuce de la semaine

Marre de vous taper sur les doigts ?

Lorsque vous faites des travaux, utilisez une pince à linge pour maintenir droit le clou que vous voulez enfoncer. Vos doigts vous en remercieront !

Septembre 2022

L	M	M	J	V	S	D
			1	2	3	4
5	6	7	8	9	10	11
12	13	14	15	16	17	18
19	20	21	22	23	24	25
26	27	28	29	30		

Octobre 2022

L	M	M	J	V	S	D
					1	2
3	4	5	6	7	8	9
10	11	12	13	14	15	16
17	18	19	20	21	22	23
24	25	26	27	28	29	30
31						

Notes

SEPTEMBRE 2022

Semaine 38

LUNDI **19** — Ste Émilie

MARDI **20** — St Jean-Charles

MERCREDI **21** — St Matthieu
Journée internationale de la paix

JEUDI **22** — St Maurice
Journée mondiale sans voiture

VENDREDI **23** — St Constant
Automne

SAMEDI **24** — St Anatole

DIMANCHE **25** — St Hermann

Menus

Courses

Missions de la semaine

TÂCHES	▶ QUI S'EN CHARGE ?
	▶
	▶
	▶
	▶
	▶
	▶
	▶
	▶

Astuce de la semaine

Apaisez le feu du piment

Contrairement aux idées reçues, évitez l'eau et le pain ! Une tasse de lait froid calmera le feu de votre bouche. Si vous n'en avez pas, un morceau de sucre que vous laisserez fondre sur votre langue sera tout aussi efficace !

Septembre 2022

L	M	M	J	V	S	D
			1	2	3	4
5	6	7	8	9	10	11
12	13	14	15	16	17	18
19	20	21	22	23	24	25
26	27	28	29	30		

Octobre 2022

L	M	M	J	V	S	D
					1	2
3	4	5	6	7	8	9
10	11	12	13	14	15	16
17	18	19	20	21	22	23
24	25	26	27	28	29	30
31						

Notes

SEPT./OCT. 2022

Semaine 39

LUNDI 26 — Sts Côme et Damien
Rosh Hachana

MARDI 27 — St Vincent de Paul

MERCREDI 28 — St Venceslas

JEUDI 29 — Sts Michel, Gabriel et Raphaël

VENDREDI 30 — St Jérôme

SAMEDI 1 — Ste Thérèse de l'Enfant Jésus

DIMANCHE 2 — St Léger

Menus

OCTOBRE 2022

Lundi	Mardi	Mercredi	Jeudi
Novembre 2022	Décembre 2022		
3 S. 40	4	5	6
10 *Action de grâce (Canada)* S. 41	11	12	13
17 S. 42	18	19	20
24 S. 43 31 S. 44 *Halloween*	25	26	27

Novembre 2022

L	M	M	J	V	S	D
	1	2	3	4	5	6
7	8	9	10	11	12	13
14	15	16	17	18	19	20
21	22	23	24	25	26	27
28	29	30				

Décembre 2022

L	M	M	J	V	S	D
			1	2	3	4
5	6	7	8	9	10	11
12	13	14	15	16	17	18
19	20	21	22	23	24	25
26	27	28	29	30	31	

OBJECTIFS DU MOIS

Vendredi	Samedi	Dimanche
	1 S. 39	2
7	8	9
14	15	16
21	22 *Début des vacances scolaires*	23
28	29	30 *Passage à l'heure d'hiver (- 1 h)*

- Préparer les vacances de la Toussaint
- Préparer les costumes, décorations et bonbons pour Halloween
- Payer la taxe foncière si vous êtes propriétaire
- Réserver les billets de train pour les vacances de Noël
- Sortir les vêtements d'hiver et ranger ceux d'été

Courses

Missions de la semaine

TÂCHES	▶ QUI S'EN CHARGE ?

Trouvez la bonne clé

Astuce de la semaine

Pour vous y retrouver dans votre trousseau et trouver la bonne clé du premier coup, peignez la partie supérieure de chacune d'elles avec du vernis à ongles. Violet pour la maison, rose pour la boîte aux lettres, bleu pour le bureau…

Octobre 2022

L	M	M	J	V	S	D
					1	2
3	4	5	6	7	8	9
10	11	12	13	14	15	16
17	18	19	20	21	22	23
24	25	26	27	28	29	30
31						

Novembre 2022

L	M	M	J	V	S	D
	1	2	3	4	5	6
7	8	9	10	11	12	13
14	15	16	17	18	19	20
21	22	23	24	25	26	27
28	29	30				

Notes

OCTOBRE

2022

Semaine 40

LUNDI
3
St Gérard

MARDI
4
St François d'Assise

MERCREDI
5
Ste Fleur
Yom Kippour

JEUDI
6
St Bruno

VENDREDI
7
St Serge

SAMEDI
8
Ste Pélagie

DIMANCHE
9
St Denis

Menus

Courses

Missions de la semaine

TÂCHES	QUI S'EN CHARGE ?

Astuce de la semaine

Pour un carrelage sans moisissure

Mélangez un verre d'eau de Javel à un litre d'eau chaude. Mouillez abondamment les joints du carrelage avec une éponge imbibée de cette préparation. Laissez agir 30 minutes, puis frottez avec le côté grattant de l'éponge.

Octobre 2022

L	M	M	J	V	S	D
					1	2
3	4	5	6	7	8	9
10	11	12	13	14	15	16
17	18	19	20	21	22	23
24	25	26	27	28	29	30
31						

Novembre 2022

L	M	M	J	V	S	D
	1	2	3	4	5	6
7	8	9	10	11	12	13
14	15	16	17	18	19	20
21	22	23	24	25	26	27
28	29	30				

Notes

OCTOBRE

2022

Semaine 41

LUNDI
10
St Ghislain
Action de grâce (Canada)

MARDI
11
St Firmin

MERCREDI
12
St Wilfried

JEUDI
13
St Géraud

VENDREDI
14
St Juste

SAMEDI
15
Ste Thérèse d'Avila

DIMANCHE
16
Ste Edwige

Menus

Courses

Missions de la semaine

TÂCHES	▶ QUI S'EN CHARGE ?
	▶
	▶
	▶
	▶
	▶
	▶
	▶
	▶

Astuce de la semaine

De l'eau toujours claire dans un vase

Si vous placez vos fleurs dans un vase transparent, il existe une astuce pour conserver la clarté de l'eau : déposez simplement un morceau de charbon de bois au fond du vase.

Octobre 2022

L	M	M	J	V	S	D
					1	2
3	4	5	6	7	8	9
10	11	12	13	14	15	16
17	18	19	20	21	22	23
24	25	26	27	28	29	30
31						

Novembre 2022

L	M	M	J	V	S	D
	1	2	3	4	5	6
7	8	9	10	11	12	13
14	15	16	17	18	19	20
21	22	23	24	25	26	27
28	29	30				

Notes

*Important : malgré nos vérifications et notre souci permanent de vous fournir le meilleur agenda familial du marché, il arrive que des changements soient décidés par le ministère de l'Éducation nationale concernant les dates de vacances

OCTOBRE 2022

Semaine 42

Menus

LUNDI
17
St Baudouin

MARDI
18
St Luc

MERCREDI
19
St René

JEUDI
20
Ste Adeline

VENDREDI
21
Ste Céline

SAMEDI
22
Ste Élodie
*Début des vacances scolaires**

DIMANCHE
23
St Jean de Capistran

scolaires après l'envoi en impression de votre *Agenda familial Mémoniak*. Nous nous en excusons par avance et vous conseillons vivement de les vérifier sur le site Internet du ministère de l'Éducation nationale avant toute utilisation.

Courses

○
○
○
○
○
○
○
○
○
○
○
○
○
○
○
○
○
○
○
○
○
○
○
○
○
○
○
○
○
○
○
○
○
○

Missions de la semaine

TÂCHES	▶ QUI S'EN CHARGE ?
	▶
	▶
	▶
	▶
	▶
	▶
	▶
	▶

Astuce de la semaine

SOS plantes en danger

Si votre chat adore traîner autour de vos plantes d'intérieur et les renverser, dispersez du poivre de Cayenne sur la terre. Ce répulsif naturel éloignera le petit curieux de vos plantes.

Octobre 2022

L	M	M	J	V	S	D
					1	2
3	4	5	6	7	8	9
10	11	12	13	14	15	16
17	18	19	20	21	22	23
24	25	26	27	28	29	30
31						

Novembre 2022

L	M	M	J	V	S	D
	1	2	3	4	5	6
7	8	9	10	11	12	13
14	15	16	17	18	19	20
21	22	23	24	25	26	27
28	29	30				

Notes

OCTOBRE

2022

Semaine 43

Menus

LUNDI **24** St Florentin

MARDI **25** St Crépin

MERCREDI **26** St Dimitri

JEUDI **27** Ste Émeline

VENDREDI **28** Sts Simon et Jude

SAMEDI **29** St Narcisse

DIMANCHE **30** Ste Bienvenue

Passage à l'heure d'hiver (- 1 h)

NOVEMBRE 2022

Lundi	Mardi	Mercredi	Jeudi
	1 S. 44 TOUSSAINT	2	3
7 S. 45 *Fin des vacances scolaires*	8	9	10
14 S. 46	15	16	17
21 S. 47	22	23	24 *Thanksgiving (États-Unis)*
28 S. 48	29	30	

Vendredi	Samedi	Dimanche
4	5	6
11 ARMISTICE DE 1918	12	13
18	19	20
25	26	27

Décembre 2022

L	M	M	J	V	S	D
			1	2	3	4
5	6	7	8	9	10	11
12	13	14	15	16	17	18
19	20	21	22	23	24	25
26	27	28	29	30	31	

Janvier 2023

L	M	M	J	V	S	D
						1
2	3	4	5	6	7	8
9	10	11	12	13	14	15
16	17	18	19	20	21	22
23	24	25	26	27	28	29
30	31					

OBJECTIFS DU MOIS

- Préparer les vacances de Noël
- Payer la taxe d'habitation si vous n'êtes pas exonéré
- Prendre RDV pour la maintenance du chauffage (chaudière, cheminée)
- Commencer les achats de Noël

Courses

○
○
○
○
○
○
○
○
○
○
○
○
○
○
○
○
○
○
○
○
○
○
○
○
○
○
○
○
○
○
○
○
○
○
○

Missions de la semaine

TÂCHES	▶ QUI S'EN CHARGE ?
	▶
	▶
	▶
	▶
	▶
	▶
	▶
	▶

Astuce de la semaine

Bye-bye l'odeur de cigarette

Conservez vos écorces d'oranges, et faites-les sécher à l'air libre, ou au four pour aller plus vite. Brûlez-les ensuite dans votre cheminée ou dans un cendrier. L'odeur de tabac s'envolera !

Novembre 2022

L	M	M	J	V	S	D
	1	2	3	4	5	6
7	8	9	10	11	12	13
14	15	16	17	18	19	20
21	22	23	24	25	26	27
28	29	30				

Décembre 2022

L	M	M	J	V	S	D
			1	2	3	4
5	6	7	8	9	10	11
12	13	14	15	16	17	18
19	20	21	22	23	24	25
26	27	28	29	30	31	

Notes

OCT./NOV. 2022

Semaine 44

Menus

LUNDI 31 — St Quentin
Halloween

MARDI 1 — Ste Cassandre
Toussaint

MERCREDI 2 — St Victorin
Défunts

JEUDI 3 — St Hubert

VENDREDI 4 — St Charles

SAMEDI 5 — Ste Sylvie

DIMANCHE 6 — St Léonard

Courses

Missions de la semaine

TÂCHES	QUI S'EN CHARGE ?

Astuce de la semaine

Des œufs durs qui n'explosent pas

Pour que vos œufs restent intacts pendant la cuisson, plongez-les dans un bol d'eau tiède avant de les mettre dans la casserole d'eau bouillante. Une cuillère de sel et une autre de vinaigre dans l'eau accroîtront leur résistance.

Novembre 2022

L	M	M	J	V	S	D
	1	2	3	4	5	6
7	8	9	10	11	12	13
14	15	16	17	18	19	20
21	22	23	24	25	26	27
28	29	30				

Décembre 2022

L	M	M	J	V	S	D
			1	2	3	4
5	6	7	8	9	10	11
12	13	14	15	16	17	18
19	20	21	22	23	24	25
26	27	28	29	30	31	

Notes

NOVEMBRE 2022

Semaine 45

LUNDI **7** Ste Carine
Fin des vacances scolaires

MARDI **8** St Geoffroy

MERCREDI **9** St Théodore

JEUDI **10** St Léon

VENDREDI **11** St Martin de Tours
Armistice de 1918

SAMEDI **12** St Christian

DIMANCHE **13** St Brice

Menus

Courses

Missions de la semaine

TÂCHES	▶ QUI S'EN CHARGE ?
	▶
	▶
	▶
	▶
	▶
	▶
	▶
	▶

Astuce de la semaine

Un masque anti-cheveux gras

Fabriquez un masque maison qui permettra de ralentir la production de sébum. Un tiers de vinaigre pour un tiers d'argile et un tiers de citron. Laissez le mélange reposer sur vos cheveux pendant 10 minutes, puis rincez avec votre shampoing habituel.

Novembre 2022

L	M	M	J	V	S	D
	1	2	3	4	5	6
7	8	9	10	11	12	13
14	15	16	17	18	19	20
21	22	23	24	25	26	27
28	29	30				

Décembre 2022

L	M	M	J	V	S	D
			1	2	3	4
5	6	7	8	9	10	11
12	13	14	15	16	17	18
19	20	21	22	23	24	25
26	27	28	29	30	31	

Notes

NOVEMBRE 2022

Semaine 46

LUNDI 14 — St Sidoine

MARDI 15 — St Albert

MERCREDI 16 — ☾ Ste Marguerite

JEUDI 17 — Ste Élisabeth

VENDREDI 18 — Ste Aude

SAMEDI 19 — St Tanguy

DIMANCHE 20 — St Edmond

Journée internationale des droits de l'enfant

Menus

Courses

- ○
- ○
- ○
- ○
- ○
- ○
- ○
- ○
- ○
- ○
- ○
- ○
- ○
- ○
- ○
- ○
- ○
- ○
- ○
- ○
- ○
- ○
- ○
- ○
- ○
- ○
- ○
- ○
- ○
- ○
- ○
- ○
- ○

Missions de la semaine

TÂCHES	▶ QUI S'EN CHARGE ?
	▶
	▶
	▶
	▶
	▶
	▶
	▶
	▶

Astuce de la semaine

Enlevez les traces de rouille

Du jus de citron, un peu de sel et une éponge feront de la rouille une histoire ancienne. Très pratique, cette astuce peut être utilisée sur tous les équipements ménagers et même sur les vêtements !

Novembre 2022

L	M	M	J	V	S	D
	1	2	3	4	5	6
7	8	9	10	11	12	13
14	15	16	17	18	19	20
21	22	23	24	25	26	27
28	29	30				

Décembre 2022

L	M	M	J	V	S	D
			1	2	3	4
5	6	7	8	9	10	11
12	13	14	15	16	17	18
19	20	21	22	23	24	25
26	27	28	29	30	31	

Notes

NOVEMBRE 2022

Semaine 47

LUNDI 21	St Rufus *Présentation de la Vierge Marie*	
MARDI 22	Ste Cécile	
MERCREDI 23	St Clément	
JEUDI 24	Ste Flora *Thanksgiving (États-Unis)*	
VENDREDI 25	Ste Catherine	
SAMEDI 26	Ste Delphine	
DIMANCHE 27	St Séverin *Avent*	

Menus

DÉCEMBRE 2022

Lundi	Mardi	Mercredi	Jeudi
Janvier 2023	Février 2023		1 S. 48
5 S. 49	6	7	8
12 S. 50	13	14	15
19 S. 51	20	21 Hiver	22
26 S. 52	27	28	29

Janvier 2023

L	M	M	J	V	S	D
						1
2	3	4	5	6	7	8
9	10	11	12	13	14	15
16	17	18	19	20	21	22
23	24	25	26	27	28	29
30	31					

Février 2023

L	M	M	J	V	S	D
		1	2	3	4	5
6	7	8	9	10	11	12
13	14	15	16	17	18	19
20	21	22	23	24	25	26
27	28					

Vendredi	Samedi	Dimanche
2	3	4
9	10	11
16	17 *Début des vacances scolaires*	18
23	24	25 NOËL
30	31	

OBJECTIFS DU MOIS

- Préparer les vacances de Noël
- Acheter le sapin de Noël
- Faire les listes au père Noël
- Préparer les repas de fêtes
- Finir les achats de Noël
- Préparer la voiture pour l'hiver (antigel, pneus neige, chaînes, etc)
- Vérifier son inscription sur la liste électorale

Courses

Missions de la semaine

TÂCHES	▶ QUI S'EN CHARGE ?
	▶
	▶
	▶
	▶
	▶
	▶
	▶
	▶

Astuce de la semaine

Des biscuits pas ramollos

Si conserver vos biscuits dans une boîte en fer reste la meilleure solution, vous pouvez également les garder dans une boîte Tupperware avec des morceaux de sucre. Ils absorberont l'humidité.

Décembre 2022

L	M	M	J	V	S	D
			1	2	3	4
5	6	7	8	9	10	11
12	13	14	15	16	17	18
19	20	21	22	23	24	25
26	27	28	29	30	31	

Janvier 2023

L	M	M	J	V	S	D
						1
2	3	4	5	6	7	8
9	10	11	12	13	14	15
16	17	18	19	20	21	22
23	24	25	26	27	28	29
30	31					

Notes

Cadeaux de fin d'année :
commander mes Almaniaks
sur www.editions365.eu

NOV./DÉC. 2022

Semaine 48

LUNDI 28 — St Jacques de la Marche

MARDI 29 — St Saturnin

MERCREDI 30 — ☽ St André

JEUDI 1 — Ste Florence

Journée mondiale de la lutte contre le sida

VENDREDI 2 — Ste Viviane

Journée internationale pour l'abolition de l'esclavage

SAMEDI 3 — St Xavier

DIMANCHE 4 — Ste Barbara

Menus

Courses

Missions de la semaine

TÂCHES	▶ QUI S'EN CHARGE ?
	▶
	▶
	▶
	▶
	▶
	▶
	▶
	▶

Astuce de la semaine

Pour démêler une chaîne

Déposez la chaîne dans le creux de votre main et versez dessus une cuillère à café d'huile d'olive. Massez délicatement le bijou avec vos deux mains. La chaîne se démêlera toute seule !

Décembre 2022

L	M	M	J	V	S	D
			1	2	3	4
5	6	7	8	9	10	11
12	13	14	15	16	17	18
19	20	21	22	23	24	25
26	27	28	29	30	31	

Janvier 2023

L	M	M	J	V	S	D
						1
2	3	4	5	6	7	8
9	10	11	12	13	14	15
16	17	18	19	20	21	22
23	24	25	26	27	28	29
30	31					

Notes

DÉCEMBRE 2022

Semaine 49

LUNDI 5 — St Gérald

MARDI 6 — St Nicolas

MERCREDI 7 — St Ambroise

JEUDI 8 — St Hildeman
Immaculée Conception

VENDREDI 9 — St Pierre Fourier

SAMEDI 10 — St Romaric
Journée internationale des droits de l'homme

DIMANCHE 11 — St Daniel

Menus

Courses

Missions de la semaine

TÂCHES	▶ QUI S'EN CHARGE ?
	▶
	▶
	▶
	▶
	▶
	▶
	▶
	▶

Astuce de la semaine

Astuce anti-verglas

Si vous êtes propriétaire d'une cheminée, récupérez les cendres de votre dernier feu de bois ! Quand la neige et le verglas feront leur apparition, répartissez la cendre devant chez vous. Grâce à elle, vous ne glisserez plus sur le pas de votre porte.

Décembre 2022

L	M	M	J	V	S	D
			1	2	3	4
5	6	7	8	9	10	11
12	13	14	15	16	17	18
19	20	21	22	23	24	25
26	27	28	29	30	31	

Janvier 2023

L	M	M	J	V	S	D
						1
2	3	4	5	6	7	8
9	10	11	12	13	14	15
16	17	18	19	20	21	22
23	24	25	26	27	28	29
30	31					

Notes

DÉCEMBRE 2022

Semaine 50

Menus

LUNDI **12** — St Corentin

MARDI **13** — Ste Lucie

MERCREDI **14** — Ste Odile

JEUDI **15** — Ste Ninon

VENDREDI **16** — ☾ Ste Alice

SAMEDI **17** — St Gaël

Début des vacances scolaires

DIMANCHE **18** — St Gatien

Hanoucca

Courses

Missions de la semaine

TÂCHES	▶ QUI S'EN CHARGE ?
	▶
	▶
	▶
	▶
	▶
	▶
	▶
	▶

Astuce de la semaine

Pour stopper le nez qui coule

Versez un peu d'huile essentielle de niaouli sur un mouchoir en tissu. Respirez-le trois à cinq fois par jour, jusqu'à guérison. Changez de mouchoir si nécessaire.

Décembre 2022

L	M	M	J	V	S	D
			1	2	3	4
5	6	7	8	9	10	11
12	13	14	15	16	17	18
19	20	21	22	23	24	25
26	27	28	29	30	31	

Janvier 2023

L	M	M	J	V	S	D
						1
2	3	4	5	6	7	8
9	10	11	12	13	14	15
16	17	18	19	20	21	22
23	24	25	26	27	28	29
30	31					

Notes

DÉCEMBRE 2022

Semaine 51

		Menus
LUNDI 19	St Urbain	
MARDI 20	St Théophile	
MERCREDI 21	St Pierre Canisius *Hiver*	
JEUDI 22	Ste Françoise-Xavière	
VENDREDI 23	St Armand	
SAMEDI 24	Ste Adèle	
DIMANCHE 25	St Emmanuel *Noël*	

Courses

Missions de la semaine

TÂCHES	QUI S'EN CHARGE ?

Astuce de la semaine

La fin des taches de vin

La meilleure solution est de mouiller la vilaine tache de vin rouge avec du vin blanc. Elle disparaîtra alors sous vos yeux ! Contrairement à ce qui est souvent conseillé, il ne faut pas utiliser de sel, car le sodium abîme les fibres du tissu.

Décembre 2022

L	M	M	J	V	S	D
			1	2	3	4
5	6	7	8	9	10	11
12	13	14	15	16	17	18
19	20	21	22	23	24	25
26	27	28	29	30	31	

Janvier 2023

L	M	M	J	V	S	D
						1
2	3	4	5	6	7	8
9	10	11	12	13	14	15
16	17	18	19	20	21	22
23	24	25	26	27	28	29
30	31					

Notes

DÉC./JANV. 2022 2023

Semaine 52

LUNDI **26** St Étienne

MARDI **27** St Jean

MERCREDI **28** Sts Innocents

JEUDI **29** St David

VENDREDI **30** St Roger

SAMEDI **31** St Sylvestre

DIMANCHE **1** *Jour de l'An*

Menus

BUDGET FAMILIAL 2023

Catégories	Janvier	Février	Mars	Avril
Loyer/Emprunt				
Électricité, fuel, gaz				
Eau				
Tél., Internet				
Assurances				
Ménage				
Pressing				
Alimentation				
Cantine				
Vêtements				
Écoles				
Soutien scolaire				
Activités				
Coiffeur				
Voiture				
Parkings				
Essence, péages				
Train				
Métro, bus, tram				
Mutuelle				
Médecins				
Dentaire/Optique				
Médicaments				
Remboursements	-	-	-	-
Sorties				
Cinéma				
Week-ends				
Restaurants				
Vacances				
Impôts				
Impôts locaux				
Divers				
....				
....				
....				
TOTAL				

BUDGET FAMILIAL 2023

Catégories	Mai	Juin	Juillet	Août
Loyer/Emprunt				
Électricité, fuel, gaz				
Eau				
Tél., Internet				
Assurances				
Ménage				
Pressing				
Alimentation				
Cantine				
Vêtements				
Écoles				
Soutien scolaire				
Activités				
Coiffeur				
Voiture				
Parkings				
Essence, péages				
Train				
Métro, bus, tram				
Mutuelle				
Médecins				
Dentaire/Optique				
Médicaments				
Remboursements	-	-	-	-
Sorties				
Cinéma				
Week-ends				
Restaurants				
Vacances				
Impôts				
Impôts locaux				
Divers				
TOTAL				

BUDGET FAMILIAL 2023

Catégories	Septembre	Octobre	Novembre	Décembre
Loyer/Emprunt				
Électricité, fuel, gaz				
Eau				
Tél., Internet				
Assurances				
Ménage				
Pressing				
Alimentation				
Cantine				
Vêtements				
Écoles				
Soutien scolaire				
Activités				
Coiffeur				
Voiture				
Parkings				
Essence, péages				
Train				
Métro, bus, tram				
Mutuelle				
Médecins				
Dentaire/Optique				
Médicaments				
Remboursements	-	-	-	-
Sorties				
Cinéma				
Week-ends				
Restaurants				
Vacances				
Impôts				
Impôts locaux				
Divers				
....				
....				
....				
TOTAL				

CALENDRIER 2023

Janvier 2023

52	1 D	Jour de l'An
	2 L	
	3 M	
	4 M	
1	5 J	
	6 V	
	7 S	
	8 D	
	9 L	
	10 M	
	11 M	
2	12 J	
	13 V	
	14 S	
	15 D	
	16 L	
	17 M	
	18 M	
3	19 J	
	20 V	
	21 S	
	22 D	
	23 L	
	24 M	
	25 M	
4	26 J	
	27 V	
	28 S	
	29 D	
5	30 L	
	31 M	

Février 2023

	1 M	
	2 J	
5	3 V	
	4 S	
	5 D	
	6 L	
	7 M	
	8 M	
6	9 J	
	10 V	
	11 S	
	12 D	
	13 L	
	14 M	
	15 M	
7	16 J	
	17 V	
	18 S	
	19 D	
	20 L	
	21 M	
	22 M	
8	23 J	
	24 V	
	25 S	
	26 D	
9	27 L	
	28 M	

Mars 2023

	1 M	
	2 J	
9	3 V	
	4 S	
	5 D	
	6 L	
	7 M	
	8 M	
10	9 J	
	10 V	
	11 S	
	12 D	
	13 L	
	14 M	
	15 M	
11	16 J	
	17 V	
	18 S	
	19 D	
	20 L	
	21 M	
	22 M	
12	23 J	
	24 V	
	25 S	
	26 D	
	27 L	
	28 M	
13	29 M	
	30 J	
	31 V	

Avril 2023

13	1 S	
	2 D	
	3 L	
	4 M	
	5 M	
14	6 J	
	7 V	
	8 S	
	9 D	Pâques
	10 L	Lundi de Pâques
	11 M	
	12 M	
15	13 J	
	14 V	
	15 S	
	16 D	
	17 L	
	18 M	
	19 M	
16	20 J	
	21 V	
	22 S	
	23 D	
	24 L	
	25 M	
	26 M	
17	27 J	
	28 V	
	29 S	
	30 D	

Mai 2023

	1 L	Fête du Travail
	2 M	
	3 M	
18	4 J	
	5 V	
	6 S	
	7 D	
	8 L	Victoire 1945
	9 M	
	10 M	
19	11 J	
	12 V	
	13 S	
	14 D	
	15 L	
	16 M	
	17 M	
20	18 J	Ascension
	19 V	
	20 S	
	21 D	
	22 L	
	23 M	
	24 M	
21	25 J	
	26 V	
	27 S	
	28 D	Pentecôte
	29 L	Lundi de Pentecôte
22	30 M	
	31 M	

Juin 2023

	1 J	
22	2 V	
	3 S	
	4 D	
	5 L	
	6 M	
	7 M	
23	8 J	
	9 V	
	10 S	
	11 D	
	12 L	
	13 M	
	14 M	
24	15 J	
	16 V	
	17 S	
	18 D	
	19 L	
	20 M	
	21 M	
25	22 J	
	23 V	
	24 S	
	25 D	
	26 L	
	27 M	
26	28 M	
	29 J	
	30 V	

Juillet 2023

26	1 S	
	2 D	
	3 L	
	4 M	
	5 M	
27	6 J	
	7 V	
	8 S	
	9 D	
	10 L	
	11 M	
	12 M	
28	13 J	
	14 V	Fête nat. française
	15 S	
	16 D	
	17 L	
	18 M	
	19 M	
29	20 J	
	21 V	
	22 S	
	23 D	
	24 L	
	25 M	
	26 M	
30	27 J	
	28 V	
	29 S	
	30 D	
31	31 L	

Août 2023

	1 M	
	2 M	
31	3 J	
	4 V	
	5 S	
	6 D	
	7 L	
	8 M	
	9 M	
32	10 J	
	11 V	
	12 S	
	13 D	
	14 L	
	15 M	Assomption
	16 M	
33	17 J	
	18 V	
	19 S	
	20 D	
	21 L	
	22 M	
	23 M	
34	24 J	
	25 V	
	26 S	
	27 D	
	28 L	
35	29 M	
	30 M	
	31 J	

Septembre 2023

	1 V	
35	2 S	
	3 D	
	4 L	
	5 M	
	6 M	
36	7 J	
	8 V	
	9 S	
	10 D	
	11 L	
	12 M	
	13 M	
37	14 J	
	15 V	
	16 S	
	17 D	
	18 L	
	19 M	
	20 M	
38	21 J	
	22 V	
	23 S	
	24 D	
	25 L	
	26 M	
39	27 M	
	28 J	
	29 V	
	30 S	

Octobre 2023

39	1 D	
	2 L	
	3 M	
	4 M	
40	5 J	
	6 V	
	7 S	
	8 D	
	9 L	
	10 M	
	11 M	
41	12 J	
	13 V	
	14 S	
	15 D	
	16 L	
	17 M	
	18 M	
42	19 J	
	20 V	
	21 S	
	22 D	
	23 L	
	24 M	
	25 M	
43	26 J	
	27 V	
	28 S	
	29 D	
44	30 L	
	31 M	

Novembre 2023

	1 M	Toussaint
	2 J	
44	3 V	
	4 S	
	5 D	
	6 L	
	7 M	
	8 M	
45	9 J	
	10 V	
	11 S	Armistice de 1918
	12 D	
	13 L	
	14 M	
	15 M	
46	16 J	
	17 V	
	18 S	
	19 D	
	20 L	
	21 M	
	22 M	
47	23 J	
	24 V	
	25 S	
	26 D	
	27 L	
48	28 M	
	29 M	
	30 J	

Décembre 2023

	1 V	
48	2 S	
	3 D	
	4 L	
	5 M	
	6 M	
49	7 J	
	8 V	
	9 S	
	10 D	
	11 L	
	12 M	
	13 M	
50	14 J	
	15 V	
	16 S	
	17 D	
	18 L	
	19 M	
	20 M	
51	21 J	
	22 V	
	23 S	
	24 D	
	25 L	Noël
	26 M	
	27 M	
52	28 J	
	29 V	
	30 S	
	31 D	

■ Zone A ■ Zone B ■ Zone C. Voir liste des zones de vacances scolaires en page 9.

JANVIER 2023

Lundi	Mardi	Mercredi	Jeudi
Février 2023 L M M J V S D 1 2 3 4 5 6 7 8 9 10 11 12 13 14 15 16 17 18 19 20 21 22 23 24 25 26 27 28	Mars 2023 L M M J V S D 1 2 3 4 5 6 7 8 9 10 11 12 13 14 15 16 17 18 19 20 21 22 23 24 25 26 27 28 29 30 31		
2 S. 1	3 *Fin des vacances scolaires*	4	5
9 S. 2	10	11	12
16 S. 3	17	18	19
23 S. 4 30 S. 5	24 31	25	26

Vendredi	Samedi	Dimanche
		1 S. 52 JOUR DE L'AN
6 Épiphanie	7	8
13	14	15
20	21	22 Nouvel An chinois (année du Lapin)
27	28	29

OBJECTIFS DU MOIS

- Archiver les papiers de l'année passée
- Envoyer les cartes de vœux
- Penser aux étrennes
- Ne pas oublier les soldes
- Préparer les vacances de février
- Vérifier la date de validité des papiers d'identité de toute la maisonnée

Courses

Missions de la semaine

TÂCHES	▶ QUI S'EN CHARGE ?
	▶
	▶
	▶
	▶
	▶
	▶
	▶
	▶

Astuce de la semaine

Contre les yeux rouges et gonflés

Posez des sachets usagés de thé vert ou de camomille sur vos paupières et laissez-les agir une dizaine de minutes. Ils soulageront vos yeux gonflés ou rouges.

Janvier 2023

L	M	M	J	V	S	D
						1
2	3	4	5	6	7	8
9	10	11	12	13	14	15
16	17	18	19	20	21	22
23	24	25	26	27	28	29
30	31					

Février 2023

L	M	M	J	V	S	D
		1	2	3	4	5
6	7	8	9	10	11	12
13	14	15	16	17	18	19
20	21	22	23	24	25	26
27	28					

Notes

JANVIER 2023

Semaine 1

LUNDI 2 — St Basile

MARDI 3 — Ste Geneviève
Fin des vacances scolaires

MERCREDI 4 — St Odilon

JEUDI 5 — St Édouard

VENDREDI 6 — St Melaine
Épiphanie

SAMEDI 7 — St Raymond

DIMANCHE 8 — St Lucien

Menus

Courses

Missions de la semaine

TÂCHES	▶ QUI S'EN CHARGE ?
	▶
	▶
	▶
	▶
	▶
	▶
	▶
	▶

Astuce de la semaine

Les éponges aussi, ça se nettoie !

Pressez le jus d'un citron dans un bol d'eau. Laissez-y tremper votre éponge toute une nuit. Vous pouvez également la mettre au micro-ondes quelques secondes, mais veillez à ce qu'elle soit bien imbibée d'eau pour ne pas prendre feu.

Janvier 2023

L	M	M	J	V	S	D
						1
2	3	4	5	6	7	8
9	10	11	12	13	14	15
16	17	18	19	20	21	22
23	24	25	26	27	28	29
30	31					

Février 2023

L	M	M	J	V	S	D
		1	2	3	4	5
6	7	8	9	10	11	12
13	14	15	16	17	18	19
20	21	22	23	24	25	26
27	28					

Notes

JANVIER

2023

Semaine 2

Menus

LUNDI Ste Alix

9

MARDI St Guillaume

10

MERCREDI St Paulin

11

JEUDI Ste Tatiana

12

VENDREDI Ste Yvette

13

SAMEDI Ste Nina

14

DIMANCHE ☾ St Rémi

15

Courses

Missions de la semaine

TÂCHES	▶ QUI S'EN CHARGE ?
	▶
	▶
	▶
	▶
	▶
	▶
	▶
	▶

Astuce de la semaine

Récupérez un CD qui « saute »

Si des microrayures vous empêchent d'écouter votre CD préféré, lavez-le à l'eau tiède avec du liquide vaisselle. La poussière se délogera alors des rayures et il pourra à nouveau être lu, même avec les rayures !

Janvier 2023

L	M	M	J	V	S	D
						1
2	3	4	5	6	7	8
9	10	11	12	13	14	15
16	17	18	19	20	21	22
23	24	25	26	27	28	29
30	31					

Février 2023

L	M	M	J	V	S	D
		1	2	3	4	5
6	7	8	9	10	11	12
13	14	15	16	17	18	19
20	21	22	23	24	25	26
27	28					

Notes

JANVIER

2023

Semaine 3

Menus

LUNDI 16 — St Marcel

MARDI 17 — Ste Roseline

MERCREDI 18 — Ste Prisca

JEUDI 19 — St Marius

VENDREDI 20 — St Sébastien

SAMEDI 21 — Ste Agnès

DIMANCHE 22 — St Vincent

Nouvel An chinois (année du Lapin)

Courses

○
○
○
○
○
○
○
○
○
○
○
○
○
○
○
○
○
○
○
○
○
○
○
○
○
○
○
○
○
○
○
○
○
○
○

Missions de la semaine

TÂCHES	▶ QUI S'EN CHARGE ?
	▶
	▶
	▶
	▶
	▶
	▶
	▶
	▶

Astuce de la semaine

Rattrapez un collant qui file

Lorsque vous filez votre collant, limitez les dégâts en appliquant tout de suite du vernis à ongles transparent sur toute la longueur de l'échelle. Vous pouvez également y vaporiser de la laque.

Janvier 2023

L	M	M	J	V	S	D
						1
2	3	4	5	6	7	8
9	10	11	12	13	14	15
16	17	18	19	20	21	22
23	24	25	26	27	28	29
30	31					

Février 2023

L	M	M	J	V	S	D
		1	2	3	4	5
6	7	8	9	10	11	12
13	14	15	16	17	18	19
20	21	22	23	24	25	26
27	28					

Notes

JANVIER

2023

Semaine 4

Menus

LUNDI **23** — St Barnard

MARDI **24** — St François de Sales

MERCREDI **25** — Conversion de saint Paul

JEUDI **26** — Ste Paule

VENDREDI **27** — Ste Angèle

SAMEDI **28** — ☽ St Thomas d'Aquin

DIMANCHE **29** — St Gildas

FÉVRIER 2023

Lundi	Mardi	Mercredi	Jeudi
Mars 2023	Avril 2023	S. 5 — 1	2 — Chandeleur
S. 6 — 6	7	8	9
S. 7 — 13	14 — Fête des Amoureux	15	16
S. 8 — 20 — Fin des vacances scolaires zone A	21 — Mardi gras	22	23
S. 9 — 27 — Fin des vacances scolaires zone B	28		

Mars 2023

L	M	M	J	V	S	D
		1	2	3	4	5
6	7	8	9	10	11	12
13	14	15	16	17	18	19
20	21	22	23	24	25	26
27	28	29	30	31		

Avril 2023

L	M	M	J	V	S	D
					1	2
3	4	5	6	7	8	9
10	11	12	13	14	15	16
17	18	19	20	21	22	23
24	25	26	27	28	29	30

Vendredi	Samedi	Dimanche
3	4 *Début des vacances scolaires zone A*	5
10	11 *Début des vacances scolaires zone B*	12
17	18 *Début des vacances scolaires zone C*	19
24	25	26

OBJECTIFS DU MOIS

- Préparer les vacances de février
- Réserver les vacances de Pâques
- Organiser un dîner en amoureux pour la Saint-Valentin
- Préparer les déguisements pour Mardi gras

Courses

- [ ]
- [ ]
- [ ]
- [ ]
- [ ]
- [ ]
- [ ]
- [ ]
- [ ]
- [ ]
- [ ]
- [ ]
- [ ]
- [ ]
- [ ]
- [ ]
- [ ]
- [ ]
- [ ]
- [ ]
- [ ]
- [ ]
- [ ]
- [ ]
- [ ]
- [ ]
- [ ]
- [ ]
- [ ]
- [ ]
- [ ]
- [ ]
- [ ]
- [ ]

Missions de la semaine

TÂCHES	▶ QUI S'EN CHARGE ?
	▶
	▶
	▶
	▶
	▶
	▶
	▶
	▶

Astuce de la semaine

Une bouilloire sans calcaire

Versez un verre de vinaigre blanc dans votre bouilloire remplie d'eau. Faites bouillir le mélange et laissez reposer quelques heures, puis rincez. Pour éviter la formation de calcaire, déposez une coquille d'huître au fond de votre bouilloire.

Février 2023

L	M	M	J	V	S	D
		1	2	3	4	5
6	7	8	9	10	11	12
13	14	15	16	17	18	19
20	21	22	23	24	25	26
27	28					

Mars 2023

L	M	M	J	V	S	D
		1	2	3	4	5
6	7	8	9	10	11	12
13	14	15	16	17	18	19
20	21	22	23	24	25	26
27	28	29	30	31		

Notes

JANV./FÉV. 2023

Semaine 5

Menus

LUNDI **30** — Ste Martine

MARDI **31** — Ste Marcelle

MERCREDI **1** — Ste Ella

JEUDI **2** — St Théophane
Chandeleur

VENDREDI **3** — St Blaise

SAMEDI **4** — Ste Véronique
Début des vacances scolaires zone A

DIMANCHE **5** — ☺ Ste Agathe

Courses

Missions de la semaine

TÂCHES	▶ QUI S'EN CHARGE ?
	▶
	▶
	▶
	▶
	▶
	▶
	▶
	▶

Astuce de la semaine

Luttez contre l'insomnie

Si vous tardez parfois à rejoindre les bras de Morphée, déposez une goutte d'huile essentielle de lavande sur vos tempes ou quelques gouttes sur votre oreiller. Vous retrouverez alors un sommeil paisible.

Février 2023

L	M	M	J	V	S	D
		1	2	3	4	5
6	7	8	9	10	11	12
13	14	15	16	17	18	19
20	21	22	23	24	25	26
27	28					

Mars 2023

L	M	M	J	V	S	D
		1	2	3	4	5
6	7	8	9	10	11	12
13	14	15	16	17	18	19
20	21	22	23	24	25	26
27	28	29	30	31		

Notes

FÉVRIER

2023

Semaine 6

Menus

LUNDI St Gaston

6

MARDI Ste Eugénie

7

MERCREDI Ste Jacqueline

8

JEUDI Ste Apolline

9

VENDREDI St Arnaud

10

SAMEDI N.-D. de Lourdes

Début des vacances scolaires zone B

11

DIMANCHE St Félix

12

Courses

Missions de la semaine

TÂCHES	QUI S'EN CHARGE ?

Astuce de la semaine

Enlevez du chewing-gum d'un vêtement

Vous vous êtes assis(e) sur un chewing-gum et vous ne savez pas comment vous en débarrasser ? Frottez-le avec un glaçon. Une fois le chewing-gum durci, raclez-le avec un couteau à bout rond.

Février 2023

L	M	M	J	V	S	D
		1	2	3	4	5
6	7	8	9	10	11	12
13	14	15	16	17	18	19
20	21	22	23	24	25	26
27	28					

Mars 2023

L	M	M	J	V	S	D
		1	2	3	4	5
6	7	8	9	10	11	12
13	14	15	16	17	18	19
20	21	22	23	24	25	26
27	28	29	30	31		

Notes

FÉVRIER

2023

Semaine 7

Menus

LUNDI **13** — Ste Béatrice

MARDI **14** — St Valentin
Fête des Amoureux

MERCREDI **15** — St Claude

JEUDI **16** — Ste Julienne

VENDREDI **17** — St Alexis

SAMEDI **18** — Ste Bernadette
Début des vacances scolaires zone C

DIMANCHE **19** — St Gabin

Courses

- ○
- ○
- ○
- ○
- ○
- ○
- ○
- ○
- ○
- ○
- ○
- ○
- ○
- ○
- ○
- ○
- ○
- ○
- ○
- ○
- ○
- ○
- ○
- ○
- ○
- ○
- ○
- ○
- ○
- ○
- ○
- ○
- ○
- ○

Missions de la semaine

TÂCHES	▶ QUI S'EN CHARGE ?
	▶
	▶
	▶
	▶
	▶
	▶
	▶
	▶

Astuce de la semaine

Ouvrez facilement vos emballages en plastique

Si vous êtes face à un emballage plastique récalcitrant et que vous craignez de vous couper avec, prenez un ouvre-boîte et servez-vous-en de la même manière que pour ouvrir une boîte de conserve !

Février 2023

L	M	M	J	V	S	D
		1	2	3	4	5
6	7	8	9	10	11	12
13	14	15	16	17	18	19
20	21	22	23	24	25	26
27	28					

Mars 2023

L	M	M	J	V	S	D
		1	2	3	4	5
6	7	8	9	10	11	12
13	14	15	16	17	18	19
20	21	22	23	24	25	26
27	28	29	30	31		

Notes

FÉVRIER

2023

Semaine 8

LUNDI Ste Aimée
Fin des vacances scolaires zone A

20

MARDI St Pierre-Damien
Mardi gras

21

MERCREDI Ste Isabelle
Cendres

22

JEUDI St Lazare

23

VENDREDI St Modeste

24

SAMEDI St Roméo

25

DIMANCHE St Nestor
1er dimanche de carême

26

Menus

MARS 2023

Avril 2023

L	M	M	J	V	S	D
					1	2
3	4	5	6	7	8	9
10	11	12	13	14	15	16
17	18	19	20	21	22	23
24	25	26	27	28	29	30

Mai 2023

L	M	M	J	V	S	D
1	2	3	4	5	6	7
8	9	10	11	12	13	14
15	16	17	18	19	20	21
22	23	24	25	26	27	28
29	30	31				

Lundi	Mardi	Mercredi	Jeudi
Avril 2023	Mai 2023	1 S. 9	2
6 *Fin des vacances scolaires zone C* S. 10	7	8	9
13 S. 11	14	15	16
20 S. 12 *Printemps*	21	22	23
27 S. 13	28	29	30

Vendredi	Samedi	Dimanche
3	4	5 *Fête des Grands-Mères*
10	11	12
17	18	19
24	25	26 *Passage à l'heure d'été (+ 1 h)*
31		

OBJECTIFS DU MOIS

- Préparer les vacances de Pâques
- Penser à la fête des Grands-Mères

Courses

- [ ]
- [ ]
- [ ]
- [ ]
- [ ]
- [ ]
- [ ]
- [ ]
- [ ]
- [ ]
- [ ]
- [ ]
- [ ]
- [ ]
- [ ]
- [ ]
- [ ]
- [ ]
- [ ]
- [ ]
- [ ]
- [ ]
- [ ]
- [ ]
- [ ]
- [ ]
- [ ]
- [ ]
- [ ]
- [ ]
- [ ]
- [ ]
- [ ]
- [ ]

Missions de la semaine

TÂCHES	▶ QUI S'EN CHARGE ?
	▶
	▶
	▶
	▶
	▶
	▶
	▶
	▶

Astuce de la semaine

Enlevez une trace de bougie

Après avoir récuré le plus gros de la cire, déposez de l'essuie-tout sur la trace. Placez-y votre fer à repasser chaud, puis retirez-le, ainsi que la feuille. Saupoudrez la trace restante avec du sel, laissez agir une nuit et, le lendemain, brossez et constatez le résultat !

Mars 2023

L	M	M	J	V	S	D
		1	2	3	4	5
6	7	8	9	10	11	12
13	14	15	16	17	18	19
20	21	22	23	24	25	26
27	28	29	30	31		

Avril 2023

L	M	M	J	V	S	D
					1	2
3	4	5	6	7	8	9
10	11	12	13	14	15	16
17	18	19	20	21	22	23
24	25	26	27	28	29	30

Notes

FÉV./MARS 2023

Semaine 9

LUNDI 27 — Ste Honorine
Fin des vacances scolaires zone B

MARDI 28 — St Romain

MERCREDI 1 — St Aubin

JEUDI 2 — St Charles le Bon

VENDREDI 3 — St Guénolé

SAMEDI 4 — St Casimir

DIMANCHE 5 — Ste Olive
Fête des Grands-Mères

Menus

Courses

Missions de la semaine

TÂCHES	▶ QUI S'EN CHARGE ?
	▶
	▶
	▶
	▶
	▶
	▶
	▶
	▶

Astuce de la semaine

Pour faire enfin tenir une ventouse

Si les petites ventouses que vous utilisez dans votre salle de bains ou dans votre cuisine ont du mal à coller, enduisez-les de blanc d'œuf. Cela les aidera à tenir en place. Incroyable, mais vrai !

Mars 2023

L	M	M	J	V	S	D
		1	2	3	4	5
6	7	8	9	10	11	12
13	14	15	16	17	18	19
20	21	22	23	24	25	26
27	28	29	30	31		

Avril 2023

L	M	M	J	V	S	D
					1	2
3	4	5	6	7	8	9
10	11	12	13	14	15	16
17	18	19	20	21	22	23
24	25	26	27	28	29	30

Notes

MARS

2023

Semaine 10

Menus

LUNDI

6

Ste Colette

Fin des vacances scolaires zone C

MARDI

7

Ste Félicité

Pourim

MERCREDI

8

St Jean de Dieu

Journée internationale des droits des femmes

JEUDI

9

Ste Françoise

VENDREDI

10

St Vivien

SAMEDI

11

Ste Rosine

DIMANCHE

12

Ste Justine

Courses

○
○
○
○
○
○
○
○
○
○
○
○
○
○
○
○
○
○
○
○
○
○
○
○
○
○
○
○
○
○
○
○
○

Missions de la semaine

TÂCHES	▶ QUI S'EN CHARGE ?
	▶
	▶
	▶
	▶
	▶
	▶
	▶
	▶

Astuce de la semaine

Évitez que l'eau ne déborde de votre casserole

Lorsque l'eau arrive à ébullition, placez une cuillère en bois au-dessus de votre casserole. C'est magique : l'eau ne déborde plus !

Mars 2023

L	M	M	J	V	S	D
		1	2	3	4	5
6	7	8	9	10	11	12
13	14	15	16	17	18	19
20	21	22	23	24	25	26
27	28	29	30	31		

Avril 2023

L	M	M	J	V	S	D
					1	2
3	4	5	6	7	8	9
10	11	12	13	14	15	16
17	18	19	20	21	22	23
24	25	26	27	28	29	30

Notes

MARS

2023

Semaine 11

Menus

LUNDI 13 — St Rodrigue

MARDI 14 — Ste Mathilde

MERCREDI 15 — Ste Louise

JEUDI 16 — Ste Bénédicte

VENDREDI 17 — St Patrick

SAMEDI 18 — St Cyrille

DIMANCHE 19 — St Joseph

Courses

Missions de la semaine

TÂCHES	▶ QUI S'EN CHARGE ?
	▶
	▶
	▶
	▶
	▶
	▶
	▶
	▶

Astuce de la semaine

Un « coup de pousse » pour vos cheveux

Pour favoriser la repousse de vos cheveux, essayez une décoction maison. Avant de faire votre shampooing, trempez des feuilles d'ortie fraîches dans de l'eau tiède. Filtrez-les, puis versez l'eau sur vos cheveux. Massez votre cuir chevelu et rincez.

Mars 2023

L	M	M	J	V	S	D
		1	2	3	4	5
6	7	8	9	10	11	12
13	14	15	16	17	18	19
20	21	22	23	24	25	26
27	28	29	30	31		

Avril 2023

L	M	M	J	V	S	D
					1	2
3	4	5	6	7	8	9
10	11	12	13	14	15	16
17	18	19	20	21	22	23
24	25	26	27	28	29	30

Notes

MARS

2023

Semaine 12

Menus

LUNDI 20 — St Herbert

Printemps – Journée internationale de la francophonie

MARDI 21 — Ste Clémence

MERCREDI 22 — Ste Léa

Journée mondiale de l'eau

JEUDI 23 — St Victorien

Début du Ramadan

VENDREDI 24 — Ste Catherine de Suède

SAMEDI 25 — St Humbert

Annonciation

DIMANCHE 26 — Ste Larissa

Passage à l'heure d'été (+ 1 h)

Courses

○

○

○

○

○

○

○

○

○

○

○

○

○

○

○

○

○

○

○

○

○

○

○

○

○

○

○

○

○

○

○

○

○

Missions de la semaine

TÂCHES	▶ QUI S'EN CHARGE ?
	▶
	▶
	▶
	▶
	▶
	▶
	▶
	▶

Astuce de la semaine

Débarrassez-vous des poils d'animaux

Pour enlever les poils de votre animal de vos vêtements, entourez vos doigts de film plastique transparent, puis frottez-les sur les zones à nettoyer. L'électricité statique les retiendra.

Mars 2023

L	M	M	J	V	S	D
		1	2	3	4	5
6	7	8	9	10	11	12
13	14	15	16	17	18	19
20	21	22	23	24	25	26
27	28	29	30	31		

Avril 2023

L	M	M	J	V	S	D
					1	2
3	4	5	6	7	8	9
10	11	12	13	14	15	16
17	18	19	20	21	22	23
24	25	26	27	28	29	30

Notes

MARS/AVRIL 2023

Semaine 13

LUNDI St Habib

27

MARDI St Gontran

28

MERCREDI Ste Gladys

29

JEUDI St Amédée

30

VENDREDI St Benjamin

31

SAMEDI St Hugues

1

DIMANCHE Ste Sandrine

Rameaux

2

Menus

AVRIL 2023

Lundi	Mardi	Mercredi	Jeudi
Mai 2023	Juin 2023		
3 S. 14	4	5	6
10 S. 15 LUNDI DE PÂQUES	11	12	13
17 S. 16	18	19	20
24 S. 17 *Fin des vacances scolaires zone A*	25	26	27

Mai 2023

L	M	M	J	V	S	D
1	2	3	4	5	6	7
8	9	10	11	12	13	14
15	16	17	18	19	20	21
22	23	24	25	26	27	28
29	30	31				

Juin 2023

L	M	M	J	V	S	D
			1	2	3	4
5	6	7	8	9	10	11
12	13	14	15	16	17	18
19	20	21	22	23	24	25
26	27	28	29	30		

Vendredi	Samedi	Dimanche
	1 S. 13	2
7	8 *Début des vacances scolaires zone A*	9 **PÂQUES**
14	15 *Début des vacances scolaires zone B*	16
21	22 *Début des vacances scolaires zone C*	23
28	29	30

OBJECTIFS DU MOIS

- Acheter les chocolats de Pâques
- Préparer les vacances d'été
- Faire un nettoyage de printemps
- Commencer à ranger les vêtements d'hiver
- Organiser les longs week-ends de mai

Courses

Missions de la semaine

TÂCHES	▶ QUI S'EN CHARGE ?
	▶
	▶
	▶
	▶
	▶
	▶
	▶
	▶

Astuce de la semaine

Fini la corvée des vitres !

Il suffit de mouiller légèrement la surface vitrée, puis de frotter avec un journal. Contrairement aux chiffons, il est très absorbant et ne laisse pas de peluches. Le métal contenu dans l'encre aide les vitres à retrouver leur brillance.

Avril 2023

L	M	M	J	V	S	D
					1	2
3	4	5	6	7	8	9
10	11	12	13	14	15	16
17	18	19	20	21	22	23
24	25	26	27	28	29	30

Mai 2023

L	M	M	J	V	S	D
1	2	3	4	5	6	7
8	9	10	11	12	13	14
15	16	17	18	19	20	21
22	23	24	25	26	27	28
29	30	31				

Notes

AVRIL

2023

Semaine 14

LUNDI St Richard

3

MARDI St Isidore

4

MERCREDI Ste Irène

5

JEUDI St Marcellin

Pessa'h

6

VENDREDI St Jean-Baptiste de La Salle

Vendredi saint

7

SAMEDI Ste Julie

Début des vacances scolaires zone A

8

DIMANCHE St Gautier

Pâques

9

Menus

Courses

Missions de la semaine

TÂCHES	▶ QUI S'EN CHARGE ?
	▶
	▶
	▶
	▶
	▶
	▶
	▶
	▶

Astuce de la semaine

Faites fondre du fromage au grille-pain

Pour faire fondre du fromage sur un toast sans même allumer le four, couchez votre grille-pain sur le côté, et introduisez-y les tartines. De cette façon, le fromage ne coulera pas. Malin !

Avril 2023

L	M	M	J	V	S	D
					1	2
3	4	5	6	7	8	9
10	11	12	13	14	15	16
17	18	19	20	21	22	23
24	25	26	27	28	29	30

Mai 2023

L	M	M	J	V	S	D
1	2	3	4	5	6	7
8	9	10	11	12	13	14
15	16	17	18	19	20	21
22	23	24	25	26	27	28
29	30	31				

Notes

AVRIL

2023

Semaine 15

Menus

LUNDI 10 — St Fulbert
Lundi de Pâques

MARDI 11 — St Stanislas

MERCREDI 12 — St Jules

JEUDI 13 — ☾ Ste Ida

VENDREDI 14 — St Maxime

SAMEDI 15 — St Paterne
Début des vacances scolaires zone B

DIMANCHE 16 — St Benoît-Joseph

Courses

Missions de la semaine

TÂCHES	▶ QUI S'EN CHARGE ?
	▶
	▶
	▶
	▶
	▶
	▶
	▶
	▶

Astuce de la semaine

Pour nettoyer un vêtement en cuir

Versez du lait de toilette pour bébé sur un chiffon et passez-le sur tout le cuir. Laissez sécher, puis frottez avec un chiffon propre pour le faire briller.

Avril 2023

L	M	M	J	V	S	D
					1	2
3	4	5	6	7	8	9
10	11	12	13	14	15	16
17	18	19	20	21	22	23
24	25	26	27	28	29	30

Mai 2023

L	M	M	J	V	S	D
1	2	3	4	5	6	7
8	9	10	11	12	13	14
15	16	17	18	19	20	21
22	23	24	25	26	27	28
29	30	31				

Notes

AVRIL

2023

Semaine 16

Menus

LUNDI St Anicet

17

MARDI St Parfait

18

MERCREDI Ste Emma

19

JEUDI Ste Odette

20

VENDREDI St Anselme

Fin du Ramadan

21

SAMEDI St Alexandre

Début des vacances scolaires zone C

22

DIMANCHE St Georges

23

Courses

○
○
○
○
○
○
○
○
○
○
○
○
○
○
○
○
○
○
○
○
○
○
○
○
○
○
○
○
○
○
○
○
○
○

Missions de la semaine

TÂCHES	▶ QUI S'EN CHARGE ?
	▶
	▶
	▶
	▶
	▶
	▶
	▶
	▶

Astuce de la semaine

Le café, un bon engrais

Récupérez du marc de café et dispersez-le dans votre jardin, sur votre gazon ou sur vos plantations. En se décomposant, il apportera à votre sol des éléments nutritifs.

Avril 2023

L	M	M	J	V	S	D
					1	2
3	4	5	6	7	8	9
10	11	12	13	14	15	16
17	18	19	20	21	22	23
24	25	26	27	28	29	30

Mai 2023

L	M	M	J	V	S	D
1	2	3	4	5	6	7
8	9	10	11	12	13	14
15	16	17	18	19	20	21
22	23	24	25	26	27	28
29	30	31				

Notes

AVRIL

2023

Semaine 17

Menus

LUNDI St Fidèle

Fin des vacances scolaires zone A

24

MARDI St Marc

25

MERCREDI Ste Alida

26

JEUDI ☽ Ste Zita

27

VENDREDI Ste Valérie

28

SAMEDI Ste Catherine de Sienne

29

DIMANCHE St Robert

Journée nationale du souvenir de la Déportation

30

MAI 2023

Lundi	Mardi	Mercredi	Jeudi
1 S. 18 **FÊTE DU TRAVAIL**	2 *Fin des vacances scolaires zone B*	3	4
8 S. 19 **VICTOIRE DE 1945**	9 *Fin des vacances scolaires zone C*	10	11
15 S. 20	16	17 *Début du pont de l'Ascension*	18 **ASCENSION**
22 S. 21 *Fin du pont de l'Ascension*	23	24	25
29 S. 22 **LUNDI DE PENTECÔTE**	30	31	

Vendredi	Samedi	Dimanche
5	6	7
12	13	14 Fête des Mères (Suisse, Belgique & Canada)
19	20	21
26 Fête des Voisins	27	28 PENTECÔTE

Juin 2023

L	M	M	J	V	S	D
			1	2	3	4
5	6	7	8	9	10	11
12	13	14	15	16	17	18
19	20	21	22	23	24	25
26	27	28	29	30		

Juillet 2023

L	M	M	J	V	S	D
					1	2
3	4	5	6	7	8	9
10	11	12	13	14	15	16
17	18	19	20	21	22	23
24	25	26	27	28	29	30
31						

OBJECTIFS DU MOIS

- Préparer les vacances d'été
- Faire sa déclaration de revenus
- Penser à la fête des Mères

Courses

Missions de la semaine

TÂCHES	▶ QUI S'EN CHARGE ?
	▶
	▶
	▶
	▶
	▶
	▶
	▶
	▶

Astuce de la semaine

Soulagez votre mal de tête

Coupez une pomme de terre crue en rondelles. Posez-les directement sur votre front ou sur vos tempes. Laissez poser une demi-heure et la douleur disparaîtra.

Mai 2023

L	M	M	J	V	S	D
1	2	3	4	5	6	7
8	9	10	11	12	13	14
15	16	17	18	19	20	21
22	23	24	25	26	27	28
29	30	31				

Juin 2023

L	M	M	J	V	S	D
			1	2	3	4
5	6	7	8	9	10	11
12	13	14	15	16	17	18
19	20	21	22	23	24	25
26	27	28	29	30		

Notes

2023

MAI

Semaine 18

Menus

LUNDI St Jérémie

Fête du Travail

1

MARDI St Boris

Fin des vacances scolaires zone B

2

MERCREDI Sts Philippe et Jacques

Journée mondiale de la liberté de la presse

3

JEUDI St Sylvain

4

VENDREDI ☺ Ste Judith

5

SAMEDI Ste Prudence

6

DIMANCHE Ste Gisèle

7

Courses

Missions de la semaine

TÂCHES	QUI S'EN CHARGE ?

Empêchez vos écouteurs de s'emmêler

Astuce de la semaine

Si vos écouteurs s'emmêlent constamment dans votre poche ou dans votre sac, enroulez-les autour de vos doigts, de façon à ce qu'ils forment un cercle. Maintenez le fil avec une petite pince à cheveux. Les nœuds ne seront alors plus que de mauvais souvenirs.

Mai 2023

L	M	M	J	V	S	D
1	2	3	4	5	6	7
8	9	10	11	12	13	14
15	16	17	18	19	20	21
22	23	24	25	26	27	28
29	30	31				

Juin 2023

L	M	M	J	V	S	D
			1	2	3	4
5	6	7	8	9	10	11
12	13	14	15	16	17	18
19	20	21	22	23	24	25
26	27	28	29	30		

Notes

MAI

2023

Semaine 19

Menus

LUNDI 8 — St Désiré

Victoire de 1945

MARDI 9 — St Pacôme

Journée de l'Europe – Fin des vacances scolaires zone C

MERCREDI 10 — Ste Solange

Journée nationale de l'abolition de l'esclavage

JEUDI 11 — Ste Estelle

VENDREDI 12 — ☾ St Achille

SAMEDI 13 — Ste Rolande

DIMANCHE 14 — St Matthias

Fête des Mères (Suisse, Belgique & Canada)

Courses

Missions de la semaine

TÂCHES	▶ QUI S'EN CHARGE ?
	▶
	▶
	▶
	▶
	▶
	▶
	▶
	▶

Astuce de la semaine

Bouton vs dentifrice

Faites disparaître un bouton de votre visage grâce à votre dentifrice. Déposez-en un peu sur l'imperfection et laissez agir toute la nuit. Le lendemain matin, rincez abondamment. Au bout de trois jours, le bouton aura disparu !

Mai 2023

L	M	M	J	V	S	D
1	2	3	4	5	6	7
8	9	10	11	12	13	14
15	16	17	18	19	20	21
22	23	24	25	26	27	28
29	30	31				

Juin 2023

L	M	M	J	V	S	D
			1	2	3	4
5	6	7	8	9	10	11
12	13	14	15	16	17	18
19	20	21	22	23	24	25
26	27	28	29	30		

Notes

MAI

Semaine 20

		Menus
LUNDI 15	Ste Denise	
MARDI 16	St Honoré	
MERCREDI 17	St Pascal *Début du pont de l'Ascension*	
JEUDI 18	St Éric *Ascension*	
VENDREDI 19	St Yves	
SAMEDI 20	St Bernardin	
DIMANCHE 21	St Constantin	

Courses

Missions de la semaine

TÂCHES	▶ QUI S'EN CHARGE ?
	▶
	▶
	▶
	▶
	▶
	▶
	▶
	▶

Astuce de la semaine

Un désodorisant maison

La pomme d'ambre est idéale pour parfumer agréablement votre maison. Pour en réaliser une, plantez des clous de girofle un peu partout dans l'écorce d'une orange. Suspendez-la ensuite dans votre armoire ou déposez-la sur la table du séjour.

Mai 2023

L	M	M	J	V	S	D
1	2	3	4	5	6	7
8	9	10	11	12	13	14
15	16	17	18	19	20	21
22	23	24	25	26	27	28
29	30	31				

Juin 2023

L	M	M	J	V	S	D
			1	2	3	4
5	6	7	8	9	10	11
12	13	14	15	16	17	18
19	20	21	22	23	24	25
26	27	28	29	30		

Notes

MAI

2023

Semaine 21

Menus

LUNDI St Émile
Fin du pont de l'Ascension

22

MARDI St Didier

23

MERCREDI St Donatien

24

JEUDI Ste Sophie

25

VENDREDI St Bérenger
Fête des Voisins

26

SAMEDI ☽ St Augustin de Cantorbéry

27

DIMANCHE St Germain
Pentecôte

28

JUIN 2023

Lundi	Mardi	Mercredi	Jeudi
Juillet 2023 L M M J V S D 1 2 3 4 5 6 7 8 9 10 11 12 13 14 15 16 17 18 19 20 21 22 23 24 25 26 27 28 29 30 31	Août 2023 L M M J V S D 1 2 3 4 5 6 7 8 9 10 11 12 13 14 15 16 17 18 19 20 21 22 23 24 25 26 27 28 29 30 31		1 S. 22
5 S. 23	6	7	8
12 S. 24	13	14	15
19 S. 25	20	21 *Été* *Fête de la Musique*	22
26 S. 26	27	28	29

Vendredi	Samedi	Dimanche
2	3	4 Fête des Mères (France) Fête des Pères (Suisse)
9	10	11 Fête des Pères (Belgique)
16	17	18 Fête des Pères (France & Canada)
23 Fête nationale luxembourgeoise	24 Fête nationale québécoise	25
30		

OBJECTIFS DU MOIS

- Préparer les vacances d'été
- Faire sa déclaration de revenus
- Penser à la fête des Mères et à la fête des Pères
- Faire un point sur les baptêmes, communions, mariages à venir pour préparer les cadeaux et les tenues
- Faire réviser la voiture avant les vacances d'été
- Profiter des soldes

Courses

Missions de la semaine

TÂCHES	▶ QUI S'EN CHARGE ?
	▶
	▶
	▶
	▶
	▶
	▶
	▶
	▶

Astuce de la semaine

Ne vous tachez plus les mains de peinture !

Pour éviter que la peinture ne coule le long du manche de votre pinceau, attachez-y un élastique à cheveux. Ainsi, la peinture imbibera l'élastique et non vos doigts !

Juin 2023

L	M	M	J	V	S	D
			1	2	3	4
5	6	7	8	9	10	11
12	13	14	15	16	17	18
19	20	21	22	23	24	25
26	27	28	29	30		

Juillet 2023

L	M	M	J	V	S	D
					1	2
3	4	5	6	7	8	9
10	11	12	13	14	15	16
17	18	19	20	21	22	23
24	25	26	27	28	29	30
31						

Notes

MAI/JUIN

2023

Semaine 22

Menus

LUNDI St Aymar

Lundi de Pentecôte

29

MARDI Ste Jeanne d'Arc

30

MERCREDI Ste Pétronille

Visitation – Journée mondiale sans tabac

31

JEUDI St Justin

1

VENDREDI Ste Blandine

2

SAMEDI St Kévin

3

DIMANCHE ☺ Ste Clotilde

Fête des Mères (France) – Fête des Pères (Suisse) – Trinité

4

Courses

Missions de la semaine

TÂCHES	▶ QUI S'EN CHARGE ?
	▶
	▶
	▶
	▶
	▶
	▶
	▶
	▶

Astuce de la semaine

Réparez une braguette

Si votre braguette descend constamment, utilisez un anneau de porte-clés et accrochez-le à votre fermeture. Ainsi, vous pourrez glisser l'anneau autour du bouton de votre pantalon lorsque vous l'attacherez.

Juin 2023

L	M	M	J	V	S	D
			1	2	3	4
5	6	7	8	9	10	11
12	13	14	15	16	17	18
19	20	21	22	23	24	25
26	27	28	29	30		

Juillet 2023

L	M	M	J	V	S	D
					1	2
3	4	5	6	7	8	9
10	11	12	13	14	15	16
17	18	19	20	21	22	23
24	25	26	27	28	29	30
31						

Notes

Commander le nouvel Organiseur familial Mémoniak 2024

JUIN 2023

Semaine 23

Menus

LUNDI 5 — St Igor

Journée mondiale de l'environnement

MARDI 6 — St Norbert

MERCREDI 7 — St Gilbert

JEUDI 8 — St Médard

VENDREDI 9 — Ste Diane

SAMEDI 10 — ☾ St Landry

DIMANCHE 11 — St Barnabé

Fête des Pères (Belgique)

Courses

Missions de la semaine

TÂCHES	▶ QUI S'EN CHARGE ?
	▶
	▶
	▶
	▶
	▶
	▶
	▶
	▶

Astuce de la semaine

Désherbez au naturel

Versez sur les mauvaises herbes de l'eau bouillante à laquelle vous aurez préalablement ajouté un peu de vinaigre blanc et de gros sel. Vous viendrez alors à bout des mauvaises herbes sans utiliser de pesticide !

Juin 2023

L	M	M	J	V	S	D
			1	2	3	4
5	6	7	8	9	10	11
12	13	14	15	16	17	18
19	20	21	22	23	24	25
26	27	28	29	30		

Juillet 2023

L	M	M	J	V	S	D
					1	2
3	4	5	6	7	8	9
10	11	12	13	14	15	16
17	18	19	20	21	22	23
24	25	26	27	28	29	30
31						

Notes

JUIN

2023

Semaine 24

Menus

LUNDI St Guy

12

MARDI St Antoine

13

MERCREDI St Élisée

14

JEUDI Ste Germaine

15

VENDREDI St Jean-François Régis

16

SAMEDI St Hervé

17

DIMANCHE St Léonce

Fête des Pères (France & Canada)

18

Courses

○
○
○
○
○
○
○
○
○
○
○
○
○
○
○
○
○
○
○
○
○
○
○
○
○
○
○
○
○
○
○
○
○

Missions de la semaine

TÂCHES	▶ QUI S'EN CHARGE ?
	▶
	▶
	▶
	▶
	▶
	▶
	▶
	▶

Astuce de la semaine

Fini les traces de verres sur le bois !

Pour enlever les traces de verres sur un meuble en bois, mettez-y quelques gouttes de vinaigre blanc mélangées à de la cendre. Frottez avec un bouchon de liège, cirez votre meuble, et le voilà parfait !

Juin 2023

L	M	M	J	V	S	D
			1	2	3	4
5	6	7	8	9	10	11
12	13	14	15	16	17	18
19	20	21	22	23	24	25
26	27	28	29	30		

Juillet 2023

L	M	M	J	V	S	D
					1	2
3	4	5	6	7	8	9
10	11	12	13	14	15	16
17	18	19	20	21	22	23
24	25	26	27	28	29	30
31						

Notes

JUIN

Semaine 25

LUNDI St Romuald

19

MARDI St Silvère

20

MERCREDI St Rodolphe

Été – Fête de la Musique

21

JEUDI St Alban

22

VENDREDI Ste Audrey

Fête nationale luxembourgeoise

23

SAMEDI St Jean-Baptiste

Fête nationale québécoise

24

DIMANCHE St Prosper

25

Menus

Courses

Missions de la semaine

TÂCHES	▶ QUI S'EN CHARGE ?
	▶
	▶
	▶
	▶
	▶
	▶
	▶
	▶

Astuce de la semaine

Pour des boissons bien fraîches

Si vous avez oublié de mettre votre boisson au frais et que le temps presse, enroulez une feuille d'essuie-tout mouillée autour de votre bouteille et mettez le tout au congélateur. Sortez-la 15 minutes plus tard, elle sera bien fraîche !

Juin 2023

L	M	M	J	V	S	D
			1	2	3	4
5	6	7	8	9	10	11
12	13	14	15	16	17	18
19	20	21	22	23	24	25
26	27	28	29	30		

Juillet 2023

L	M	M	J	V	S	D
					1	2
3	4	5	6	7	8	9
10	11	12	13	14	15	16
17	18	19	20	21	22	23
24	25	26	27	28	29	30
31						

Notes

JUIN/JUIL. 2023

Semaine 26

LUNDI **26** — St Anthelme

MARDI **27** — St Fernand

MERCREDI **28** — St Irénée

JEUDI **29** — Sts Pierre et Paul
Aïd el-Kebir

VENDREDI **30** — St Martial

SAMEDI **1** — St Thierry
Fête nationale canadienne

DIMANCHE **2** — St Martinien

Menus

JUILLET 2023

Lundi	Mardi	Mercredi	Jeudi
Août 2023	Septembre 2023		
3 S. 27	4 *Fête nationale américaine (Independence Day)*	5	6
10 S. 28	11	12	13
17 S. 29	18	19	20
24 S. 30 / 31 S. 31	25	26	27

Août 2023

L	M	M	J	V	S	D
	1	2	3	4	5	6
7	8	9	10	11	12	13
14	15	16	17	18	19	20
21	22	23	24	25	26	27
28	29	30	31			

Septembre 2023

L	M	M	J	V	S	D
				1	2	3
4	5	6	7	8	9	10
11	12	13	14	15	16	17
18	19	20	21	22	23	24
25	26	27	28	29	30	

Vendredi	Samedi	Dimanche
	1 Fête nationale canadienne S. 26	2
7	8 Début des vacances scolaires	9
14 **FÊTE NATIONALE FRANÇAISE**	15	16
21 *Fête nationale belge*	22	23
28	29	30

OBJECTIFS DU MOIS

- Organiser les vacances des enfants
- Inscrire les enfants aux activités extrascolaires pour la rentrée

Courses

Missions de la semaine

TÂCHES	▶ QUI S'EN CHARGE ?
	▶
	▶
	▶
	▶
	▶
	▶
	▶
	▶

Astuce de la semaine

Soulagez une piqûre de moustique

Broyer et étaler un cachet d'aspirine sur une piqûre peut la soulager temporairement. Frotter un oignon ou un citron coupé en deux contre la piqûre pendant 5 minutes sera également très efficace pour lutter contre la douleur et le venin.

Juillet 2023

L	M	M	J	V	S	D
					1	2
3	4	5	6	7	8	9
10	11	12	13	14	15	16
17	18	19	20	21	22	23
24	25	26	27	28	29	30
31						

Août 2023

L	M	M	J	V	S	D
	1	2	3	4	5	6
7	8	9	10	11	12	13
14	15	16	17	18	19	20
21	22	23	24	25	26	27
28	29	30	31			

Notes

JUILLET

2023

Semaine 27

LUNDI **3** — St Thomas

MARDI **4** — St Florent
Fête nationale américaine (Independence Day)

MERCREDI **5** — Ste Zoé

JEUDI **6** — Ste Mariette

VENDREDI **7** — St Raoul

SAMEDI **8** — St Thibaut
Début des vacances scolaires

DIMANCHE **9** — Ste Amandine

Menus

Courses

Missions de la semaine

TÂCHES	QUI S'EN CHARGE ?

Astuce de la semaine

Récupérez votre vernis à ongles
Si votre vernis devient trop pâteux, rallongez-le avec quelques gouttes d'alcool à brûler..
Le voilà comme neuf !

Juillet 2023

L	M	M	J	V	S	D
					1	2
3	4	5	6	7	8	9
10	11	12	13	14	15	16
17	18	19	20	21	22	23
24	25	26	27	28	29	30
31						

Août 2023

L	M	M	J	V	S	D
	1	2	3	4	5	6
7	8	9	10	11	12	13
14	15	16	17	18	19	20
21	22	23	24	25	26	27
28	29	30	31			

Notes

Acheter le nouvel Agenda familial
Mémoniak 2024

JUILLET

2023

Semaine 28

Menus

LUNDI

10

St Ulrich

MARDI

11

St Benoît

MERCREDI

12

St Olivier

JEUDI

13

Sts Henri et Joël

VENDREDI

14

St Camille

Fête nationale française

SAMEDI

15

St Donald

DIMANCHE

16

N.-D. du Mont-Carmel

Courses

Missions de la semaine

TÂCHES	QUI S'EN CHARGE ?

Astuce de la semaine

Rafraîchissez vos pièces en été

La solution la plus efficace est de placer des bouteilles d'eau congelée devant le ventilateur. L'évaporation de l'eau annihilera les effets de la chaleur.

Juillet 2023

L	M	M	J	V	S	D
					1	2
3	4	5	6	7	8	9
10	11	12	13	14	15	16
17	18	19	20	21	22	23
24	25	26	27	28	29	30
31						

Août 2023

L	M	M	J	V	S	D
	1	2	3	4	5	6
7	8	9	10	11	12	13
14	15	16	17	18	19	20
21	22	23	24	25	26	27
28	29	30	31			

Notes

JUILLET

2023

Semaine 29

Menus

LUNDI **17** Ste Charlotte

MARDI **18** St Frédéric

MERCREDI **19** St Arsène

JEUDI **20** Ste Marina

VENDREDI **21** St Victor
Fête nationale belge

SAMEDI **22** Ste Marie-Madeleine

DIMANCHE **23** Ste Brigitte

Courses

Missions de la semaine

TÂCHES	QUI S'EN CHARGE ?

Astuce de la semaine

Enlevez une tache d'herbe

Appliquez de la laque sur la tache. Laissez sécher, puis frottez avec une éponge imbibée d'eau dans laquelle vous aurez versé une cuillère de vinaigre. Vous pouvez également la frotter avec un mélange de sel et de jus de citron.

Juillet 2023

L	M	M	J	V	S	D
					1	2
3	4	5	6	7	8	9
10	11	12	13	14	15	16
17	18	19	20	21	22	23
24	25	26	27	28	29	30
31						

Août 2023

L	M	M	J	V	S	D
	1	2	3	4	5	6
7	8	9	10	11	12	13
14	15	16	17	18	19	20
21	22	23	24	25	26	27
28	29	30	31			

Notes

JUILLET 2023

Semaine 30

LUNDI **24** — Ste Christine

MARDI **25** — ☽ St Jacques

MERCREDI **26** — Sts Anne et Joachim

JEUDI **27** — Ste Nathalie

VENDREDI **28** — St Samson

SAMEDI **29** — Ste Marthe

DIMANCHE **30** — Ste Juliette

Menus

AOÛT 2023

Lundi	Mardi	Mercredi	Jeudi
	1 *Fête nationale suisse* S. 31	2	3
7 S. 32	8	9	10
14 S. 33	15 ASSOMPTION	16	17
21 S. 34	22	23	24
28 S. 35	29	30	31 *Rentrée des classes*

Vendredi	Samedi	Dimanche
4	5	6
11	12	13
18	19	20
25	26	27

Septembre 2023

L	M	M	J	V	S	D
				1	2	3
4	5	6	7	8	9	10
11	12	13	14	15	16	17
18	19	20	21	22	23	24
25	26	27	28	29	30	

Octobre 2023

L	M	M	J	V	S	D
						1
2	3	4	5	6	7	8
9	10	11	12	13	14	15
16	17	18	19	20	21	22
23	24	25	26	27	28	29
30	31					

OBJECTIFS DU MOIS

- *Acheter les fournitures scolaires*
- *Acheter les vêtements et chaussures des enfants pour la rentrée*

Courses

- ○
- ○
- ○
- ○
- ○
- ○
- ○
- ○
- ○
- ○
- ○
- ○
- ○
- ○
- ○
- ○
- ○
- ○
- ○
- ○
- ○
- ○
- ○
- ○
- ○
- ○
- ○
- ○
- ○
- ○
- ○
- ○
- ○
- ○

Missions de la semaine

TÂCHES	▶ QUI S'EN CHARGE ?
	▶
	▶
	▶
	▶
	▶
	▶
	▶
	▶

Astuce de la semaine

Des volets tout beaux

Pour prolonger la vie de la peinture de vos volets, lavez-les avec un chiffon doux pour enlever la poussière, puis enduisez-les d'huile de lin.

Août 2023

L	M	M	J	V	S	D
	1	2	3	4	5	6
7	8	9	10	11	12	13
14	15	16	17	18	19	20
21	22	23	24	25	26	27
28	29	30	31			

Septembre 2023

L	M	M	J	V	S	D
				1	2	3
4	5	6	7	8	9	10
11	12	13	14	15	16	17
18	19	20	21	22	23	24
25	26	27	28	29	30	

Notes

LUNDI 31 — St Ignace de Loyola

MARDI 1 — St Alphonse
Fête nationale suisse

MERCREDI 2 — St Julien

JEUDI 3 — Ste Lydie

VENDREDI 4 — St Jean-Marie Vianney

SAMEDI 5 — St Abel

DIMANCHE 6 — St Octavien
Transfiguration du Seigneur

Menus

Courses

- ○
- ○
- ○
- ○
- ○
- ○
- ○
- ○
- ○
- ○
- ○
- ○
- ○
- ○
- ○
- ○
- ○
- ○
- ○
- ○
- ○
- ○
- ○
- ○
- ○
- ○
- ○
- ○
- ○
- ○
- ○
- ○
- ○
- ○

Missions de la semaine

TÂCHES	▶ QUI S'EN CHARGE ?
	▶
	▶
	▶
	▶
	▶
	▶
	▶
	▶

Astuce de la semaine

Nettoyez votre grille de barbecue

Après la cuisson, laissez votre grille chauffer pour brûler les restes de graisse, puis utilisez un oignon coupé en deux pour la frotter. La voilà toute propre !

Août 2023

L	M	M	J	V	S	D
	1	2	3	4	5	6
7	8	9	10	11	12	13
14	15	16	17	18	19	20
21	22	23	24	25	26	27
28	29	30	31			

Septembre 2023

L	M	M	J	V	S	D
				1	2	3
4	5	6	7	8	9	10
11	12	13	14	15	16	17
18	19	20	21	22	23	24
25	26	27	28	29	30	

Notes

AOÛT

2023

Semaine 32

Menus

LUNDI 7 — St Gaétan

MARDI 8 — St Dominique

MERCREDI 9 — St Amour

JEUDI 10 — St Laurent

VENDREDI 11 — Ste Claire

SAMEDI 12 — Ste Jeanne-Françoise de Chantal

DIMANCHE 13 — St Hippolyte

Courses 

- ○
- ○
- ○
- ○
- ○
- ○
- ○
- ○
- ○
- ○
- ○
- ○
- ○
- ○
- ○
- ○
- ○
- ○
- ○
- ○
- ○
- ○
- ○
- ○
- ○
- ○
- ○
- ○
- ○
- ○
- ○
- ○
- ○
- ○

Missions de la semaine

TÂCHES	▶ QUI S'EN CHARGE ?
	▶
	▶
	▶
	▶
	▶
	▶
	▶
	▶

Astuce de la semaine

Nettoyez vos bijoux en argent

Laissez tremper vos bijoux en argent dans un bol rempli de bière. Le lendemain, rincez-les abondamment et essuyez-les délicatement à l'aide d'un chiffon. Ils seront comme neufs !

Août 2023

L	M	M	J	V	S	D
	1	2	3	4	5	6
7	8	9	10	11	12	13
14	15	16	17	18	19	20
21	22	23	24	25	26	27
28	29	30	31			

Septembre 2023

L	M	M	J	V	S	D
				1	2	3
4	5	6	7	8	9	10
11	12	13	14	15	16	17
18	19	20	21	22	23	24
25	26	27	28	29	30	

Notes

AOÛT

2023

Semaine 33

Menus

LUNDI **14** St Evrard

MARDI **15** Ste Marie
Assomption

MERCREDI **16** St Armel

JEUDI **17** St Hyacinthe

VENDREDI **18** Ste Hélène

SAMEDI **19** St Jean Eudes

DIMANCHE **20** St Bernard

Courses 

Missions de la semaine

TÂCHES	▶ QUI S'EN CHARGE ?
	▶
	▶
	▶
	▶
	▶
	▶
	▶
	▶

Astuce de la semaine

Fortifiez vos cils

Nettoyez un vieux tube de mascara et remplissez-le d'huile de ricin. Appliquez-en tous les soirs avant de vous coucher pour que vos cils s'épaississent.

Août 2023

L	M	M	J	V	S	D
	1	2	3	4	5	6
7	8	9	10	11	12	13
14	15	16	17	18	19	20
21	22	23	24	25	26	27
28	29	30	31			

Septembre 2023

L	M	M	J	V	S	D
				1	2	3
4	5	6	7	8	9	10
11	12	13	14	15	16	17
18	19	20	21	22	23	24
25	26	27	28	29	30	

Notes 

Acheter le nouvel Agenda familial Mémoniak 2024
Recycler votre agenda de l'année précédente
en l'envoyant à CÈDRE (info p. 215)

AOÛT

2023

Semaine 34

Menus

LUNDI **21** St Christophe

MARDI **22** St Fabrice

MERCREDI **23** Ste Rose de Lima

JEUDI **24** St Barthélemy

VENDREDI **25** St Louis

SAMEDI **26** Ste Natacha

DIMANCHE **27** Ste Monique

Courses

Missions de la semaine

TÂCHES	▶ QUI S'EN CHARGE ?
	▶
	▶
	▶
	▶
	▶
	▶
	▶
	▶

Astuce de la semaine

Organisez vos câbles

Derrière votre télévision ou votre ordinateur, les câbles s'emmêlent, si bien que vous ne savez plus lequel correspond à quoi ? Pensez à garder les clips des paquets de pain de mie, écrivez la fonction du câble sur chaque clip et entourez chaque câble avec.

Août 2023

L	M	M	J	V	S	D
	1	2	3	4	5	6
7	8	9	10	11	12	13
14	15	16	17	18	19	20
21	22	23	24	25	26	27
28	29	30	31			

Septembre 2023

L	M	M	J	V	S	D
				1	2	3
4	5	6	7	8	9	10
11	12	13	14	15	16	17
18	19	20	21	22	23	24
25	26	27	28	29	30	

Notes

AOÛT/SEPT. 2023

Semaine 35

LUNDI St Augustin

28

MARDI Ste Sabine

29

MERCREDI St Fiacre

30

JEUDI St Aristide

31

VENDREDI St Gilles

Rentrée des classes

1

SAMEDI Ste Ingrid

2

DIMANCHE St Grégoire

3

Menus

SEPTEMBRE 2023

Lundi	Mardi	Mercredi	Jeudi
Octobre 2023 L M M J V S D 1 2 3 4 5 6 7 8 9 10 11 12 13 14 15 16 17 18 19 20 21 22 23 24 25 26 27 28 29 30 31	**Novembre 2023** L M M J V S D 1 2 3 4 5 6 7 8 9 10 11 12 13 14 15 16 17 18 19 20 21 22 23 24 25 26 27 28 29 30		
4 *Fête du Travail (Canada)* S. 36	5	6	7
11 S. 37	12	13	14
18 S. 38	19	20	21
25 S. 39	26	27	28

OBJECTIFS DU MOIS

Vendredi	Samedi	Dimanche
1 S. 35	2	3
8	9	10
15	16	17
22	23 Automne	24
29	30	

- Payer les impôts sur le revenu
- S'occuper des inscriptions aux activités extrascolaires
- Prendre RDV chez le médecin pour les certificats médicaux pour le sport
- Préparer les vacances de la Toussaint

Courses

Missions de la semaine

TÂCHES	▶ QUI S'EN CHARGE ?

Astuce de la semaine

Des pommes de terre sans germes

Pour éviter les germes sur vos pommes de terre, conservez-les à l'abri de la lumière et placez parmi elles 1 ou 2 pommes.

Septembre 2023

L	M	M	J	V	S	D
				1	2	3
4	5	6	7	8	9	10
11	12	13	14	15	16	17
18	19	20	21	22	23	24
25	26	27	28	29	30	

Octobre 2023

L	M	M	J	V	S	D
						1
2	3	4	5	6	7	8
9	10	11	12	13	14	15
16	17	18	19	20	21	22
23	24	25	26	27	28	29
30	31					

Notes

SEPTEMBRE 2023

Semaine 36

Menus

LUNDI 4 — Ste Rosalie
Fête du Travail (Canada)

MARDI 5 — Ste Raïssa

MERCREDI 6 — ☾ St Bertrand

JEUDI 7 — Ste Reine

VENDREDI 8 — St Adrien
Nativité de la Vierge Marie

SAMEDI 9 — St Alain

DIMANCHE 10 — Ste Inès

Courses

○
○
○
○
○
○
○
○
○
○
○
○
○
○
○
○
○
○
○
○
○
○
○
○
○
○
○
○
○
○
○
○
○
○
○

Missions de la semaine

TÂCHES	▶ QUI S'EN CHARGE ?
	▶
	▶
	▶
	▶
	▶
	▶
	▶
	▶

Astuce de la semaine

Pour un riz parfait

Pour une cuisson parfaite de votre riz, rincez-le plusieurs fois, puis mettez autant de riz que d'eau dans la casserole. Laissez cuire 20 minutes pour que le riz absorbe toute l'eau.

Septembre 2023

L	M	M	J	V	S	D
				1	2	3
4	5	6	7	8	9	10
11	12	13	14	15	16	17
18	19	20	21	22	23	24
25	26	27	28	29	30	

Octobre 2023

L	M	M	J	V	S	D
						1
2	3	4	5	6	7	8
9	10	11	12	13	14	15
16	17	18	19	20	21	22
23	24	25	26	27	28	29
30	31					

Notes

SEPTEMBRE 2023

Semaine 37

LUNDI 11 — St Adelphe

MARDI 12 — St Apollinaire

MERCREDI 13 — St Aimé

JEUDI 14 — St Materne

VENDREDI 15 — St Roland

SAMEDI 16 — Ste Édith
Rosh Hachana

DIMANCHE 17 — St Renaud

Menus

Courses

Missions de la semaine

TÂCHES	▶ QUI S'EN CHARGE ?
	▶
	▶
	▶
	▶
	▶
	▶
	▶
	▶

Astuce de la semaine

Fini les ampoules !
Pour ne plus souffrir dans vos chaussures neuves, étalez sur votre pied une bonne couche de vaseline à l'endroit où la chaussure frotte.

Septembre 2023

L	M	M	J	V	S	D
				1	2	3
4	5	6	7	8	9	10
11	12	13	14	15	16	17
18	19	20	21	22	23	24
25	26	27	28	29	30	

Octobre 2023

L	M	M	J	V	S	D
						1
2	3	4	5	6	7	8
9	10	11	12	13	14	15
16	17	18	19	20	21	22
23	24	25	26	27	28	29
30	31					

Notes

SEPTEMBRE 2023

Semaine 38

LUNDI Ste Nadège
18

MARDI Ste Émilie
19

MERCREDI St Jean-Charles
20

JEUDI St Matthieu
Journée internationale de la paix
21

VENDREDI St Maurice
Journée mondiale sans voiture
22

SAMEDI St Constant
Automne
23

DIMANCHE St Anatole
24

Menus

Courses

Missions de la semaine

TÂCHES	QUI S'EN CHARGE ?

Astuce de la semaine

Dévissez une vis abîmée

Pour venir à bout d'une vis dont la tête est usée, placez un caoutchouc (un élastique, par exemple) entre la tête de la vis et votre tournevis. Vous pourrez ainsi la dévisser facilement !

Septembre 2023

L	M	M	J	V	S	D
				1	2	3
4	5	6	7	8	9	10
11	12	13	14	15	16	17
18	19	20	21	22	23	24
25	26	27	28	29	30	

Octobre 2023

L	M	M	J	V	S	D
						1
2	3	4	5	6	7	8
9	10	11	12	13	14	15
16	17	18	19	20	21	22
23	24	25	26	27	28	29
30	31					

Notes

SEPT./OCT. 2023

Semaine 39

Menus

LUNDI **25** St Hermann
Yom Kippour

MARDI **26** Sts Côme et Damien

MERCREDI **27** St Vincent de Paul

JEUDI **28** St Venceslas

VENDREDI **29** 🙂 Sts Michel, Gabriel et Raphaël

SAMEDI **30** St Jérôme

DIMANCHE **1** Ste Thérèse de l'Enfant Jésus

OCTOBRE 2023

Novembre 2023

L	M	M	J	V	S	D
		1	2	3	4	5
6	7	8	9	10	11	12
13	14	15	16	17	18	19
20	21	22	23	24	25	26
27	28	29	30			

Décembre 2023

L	M	M	J	V	S	D
				1	2	3
4	5	6	7	8	9	10
11	12	13	14	15	16	17
18	19	20	21	22	23	24
25	26	27	28	29	30	31

Lundi	Mardi	Mercredi	Jeudi
2 S. 40	3	4	5
9 *Action de grâce (Canada)* S. 41	10	11	12
16 S. 42	17	18	19
23 S. 43	24	25	26
30 S. 44	31 *Halloween*		

Vendredi	Samedi	Dimanche
		1 S. 39
6	7	8
13	14	15
20	21 *Début des vacances scolaires*	22
27	28	29 *Passage à l'heure d'hiver (- 1 h)*

OBJECTIFS DU MOIS

- Préparer les vacances de la Toussaint
- Préparer les costumes, décorations et bonbons pour Halloween
- Payer la taxe foncière si vous êtes propriétaire
- Réserver les billets de train pour les vacances de Noël
- Sortir les vêtements d'hiver et ranger ceux d'été

Courses

○
○
○
○
○
○
○
○
○
○
○
○
○
○
○
○
○
○
○
○
○
○
○
○
○
○
○
○
○
○
○
○
○
○

Missions de la semaine

TÂCHES	▶ QUI S'EN CHARGE ?
	▶
	▶
	▶
	▶
	▶
	▶
	▶
	▶

Astuce de la semaine

Conservez plus longtemps vos fruits

Dans votre corbeille à fruits, placez un bouchon en liège coupé en deux. Son odeur repoussera les petits moucherons et il absorbera l'excès d'humidité pour une meilleure conservation des fruits.

Octobre 2023

L	M	M	J	V	S	D
						1
2	3	4	5	6	7	8
9	10	11	12	13	14	15
16	17	18	19	20	21	22
23	24	25	26	27	28	29
30	31					

Novembre 2023

L	M	M	J	V	S	D
		1	2	3	4	5
6	7	8	9	10	11	12
13	14	15	16	17	18	19
20	21	22	23	24	25	26
27	28	29	30			

Notes

OCTOBRE 2023

Semaine 40

LUNDI
2
St Léger

MARDI
3
St Gérard

MERCREDI
4
St François d'Assise

JEUDI
5
Ste Fleur

VENDREDI
6
☾ St Bruno

SAMEDI
7
St Serge

DIMANCHE
8
Ste Pélagie

Menus

Courses

Missions de la semaine

TÂCHES	▶ QUI S'EN CHARGE ?
	▶
	▶
	▶
	▶
	▶
	▶
	▶
	▶

Astuce de la semaine

Repassez votre chemise sans fer

Placez votre chemise sur un cintre dans la salle de bains. Prenez une douche bien chaude, puis mettez le cintre en hauteur dans la cabine de douche. La vapeur défroissera votre chemise !

Octobre 2023

L	M	M	J	V	S	D
						1
2	3	4	5	6	7	8
9	10	11	12	13	14	15
16	17	18	19	20	21	22
23	24	25	26	27	28	29
30	31					

Novembre 2023

L	M	M	J	V	S	D
		1	2	3	4	5
6	7	8	9	10	11	12
13	14	15	16	17	18	19
20	21	22	23	24	25	26
27	28	29	30			

Notes

OCTOBRE 2023

Semaine 41

Menus

LUNDI 9 — St Denis

Action de grâce (Canada)

MARDI 10 — St Ghislain

MERCREDI 11 — St Firmin

JEUDI 12 — St Wilfried

VENDREDI 13 — St Géraud

SAMEDI 14 — St Juste

DIMANCHE 15 — Ste Thérèse d'Avila

Courses

Missions de la semaine

TÂCHES	▶ QUI S'EN CHARGE ?
	▶
	▶
	▶
	▶
	▶
	▶
	▶
	▶

Astuce de la semaine

Supprimez une odeur d'urine de chat

Pour nettoyer et supprimer l'odeur de pipi de chat, mettez deux cuillères à café de bicarbonate de soude dans un verre et remplissez-le de vinaigre blanc. Nettoyez 2 ou 3 fois l'endroit souillé avec ce mélange.

Octobre 2023

L	M	M	J	V	S	D
						1
2	3	4	5	6	7	8
9	10	11	12	13	14	15
16	17	18	19	20	21	22
23	24	25	26	27	28	29
30	31					

Novembre 2023

L	M	M	J	V	S	D
		1	2	3	4	5
6	7	8	9	10	11	12
13	14	15	16	17	18	19
20	21	22	23	24	25	26
27	28	29	30			

Notes

OCTOBRE

2023

Semaine 42

Menus

LUNDI Ste Edwige

16

MARDI St Baudouin

17

MERCREDI St Luc

18

JEUDI St René

19

VENDREDI Ste Adeline

20

SAMEDI Ste Céline

Début des vacances scolaires

21

DIMANCHE ☽ Ste Élodie

22

Courses

○
○
○
○
○
○
○
○
○
○
○
○
○
○
○
○
○
○
○
○
○
○
○
○
○
○
○
○
○
○
○
○
○

Missions de la semaine

TÂCHES	▶ QUI S'EN CHARGE ?
	▶
	▶
	▶
	▶
	▶
	▶
	▶
	▶

Astuce de la semaine

Panne de démaquillant

Si vous avez oublié d'acheter du démaquillant, imbibez un coton de lait ou d'huile d'olive et utilisez-le comme votre produit habituel. Et après, n'oubliez pas de bien hydrater votre peau.

Octobre 2023

L	M	M	J	V	S	D
						1
2	3	4	5	6	7	8
9	10	11	12	13	14	15
16	17	18	19	20	21	22
23	24	25	26	27	28	29
30	31					

Novembre 2023

L	M	M	J	V	S	D
		1	2	3	4	5
6	7	8	9	10	11	12
13	14	15	16	17	18	19
20	21	22	23	24	25	26
27	28	29	30			

Notes

OCTOBRE

2023

Semaine 43

Menus

LUNDI St Jean de Capistran
23

MARDI St Florentin
24

MERCREDI St Crépin
25

JEUDI St Dimitri
26

VENDREDI Ste Émeline
27

SAMEDI Sts Simon et Jude
28

DIMANCHE St Narcisse
Passage à l'heure d'hiver (- 1 h)
29

NOVEMBRE 2023

Lundi	Mardi	Mercredi	Jeudi
Décembre 2023 L M M J V S D 1 2 3 4 5 6 7 8 9 10 11 12 13 14 15 16 17 18 19 20 21 22 23 24 25 26 27 28 29 30 31	**Janvier 2024** L M M J V S D 1 2 3 4 5 6 7 8 9 10 11 12 13 14 15 16 17 18 19 20 21 22 23 24 25 26 27 28 29 30 31	**1** S. 44 TOUSSAINT	**2**
6 *Fin des vacances scolaires* S. 45	**7**	**8**	**9**
13 S. 46	**14**	**15**	**16**
20 S. 47	**21**	**22**	**23** *Thanksgiving (États-Unis)*
27 S. 48	**28**	**29**	**30**

Vendredi	Samedi	Dimanche
3	4	5
10	11 ARMISTICE DE 1918	12
17	18	19
24	25	26

OBJECTIFS DU MOIS

- Préparer les vacances de Noël
- Payer la taxe d'habitation si vous n'êtes pas exonéré
- Prendre RDV pour la maintenance du chauffage (chaudière, cheminée)
- Commencer les achats de Noël

Courses

Missions de la semaine

TÂCHES	▶ QUI S'EN CHARGE ?
	▶
	▶
	▶
	▶
	▶
	▶
	▶
	▶

Astuce de la semaine

Un baume contre les migraines

Pour apaiser vos migraines, préparez un baume en ajoutant une dizaine de gouttes d'huile essentielle de menthe poivrée, connue pour ses propriétés antalgiques, à du beurre de karité. À chaque crise, massez vos tempes à l'aide de cette préparation.

Novembre 2023

L	M	M	J	V	S	D
		1	2	3	4	5
6	7	8	9	10	11	12
13	14	15	16	17	18	19
20	21	22	23	24	25	26
27	28	29	30			

Décembre 2023

L	M	M	J	V	S	D
				1	2	3
4	5	6	7	8	9	10
11	12	13	14	15	16	17
18	19	20	21	22	23	24
25	26	27	28	29	30	31

Notes

OCT./NOV. 2023

Semaine 44

LUNDI 30 — Ste Bienvenue

MARDI 31 — St Quentin
Halloween

MERCREDI 1 — Ste Cassandre
Toussaint

JEUDI 2 — St Victorin
Défunts

VENDREDI 3 — St Hubert

SAMEDI 4 — St Charles

DIMANCHE 5 — Ste Sylvie

Menus

Courses

Missions de la semaine

TÂCHES	▶ QUI S'EN CHARGE ?
	▶
	▶
	▶
	▶
	▶
	▶
	▶
	▶

Astuce de la semaine

Ne jetez plus vos sachets de thé !
Utilisez vos feuilles de thé ou vos sachets de thé usagés pour faire une marinade pour vos viandes. Une occasion de leur donner une saveur originale !

Novembre 2023

L	M	M	J	V	S	D
		1	2	3	4	5
6	7	8	9	10	11	12
13	14	15	16	17	18	19
20	21	22	23	24	25	26
27	28	29	30			

Décembre 2023

L	M	M	J	V	S	D
				1	2	3
4	5	6	7	8	9	10
11	12	13	14	15	16	17
18	19	20	21	22	23	24
25	26	27	28	29	30	31

Notes

NOVEMBRE 2023

Semaine 45

LUNDI 6 — St Léonard
Fin des vacances scolaires

MARDI 7 — Ste Carine

MERCREDI 8 — St Geoffroy

JEUDI 9 — St Théodore

VENDREDI 10 — St Léon

SAMEDI 11 — St Martin de Tours
Armistice de 1918

DIMANCHE 12 — St Christian

Menus

Courses

Missions de la semaine

TÂCHES	QUI S'EN CHARGE ?

Astuce de la semaine

Prenez soin de votre matelas

L'entretien d'un matelas est très important. Protégez-le avec une alèse, aspirez-le une fois par mois, aérez-le au moins 10 minutes entre chaque changement de draps et, enfin, retournez-le tous les 3 mois.

Novembre 2023

L	M	M	J	V	S	D
		1	2	3	4	5
6	7	8	9	10	11	12
13	14	15	16	17	18	19
20	21	22	23	24	25	26
27	28	29	30			

Décembre 2023

L	M	M	J	V	S	D
				1	2	3
4	5	6	7	8	9	10
11	12	13	14	15	16	17
18	19	20	21	22	23	24
25	26	27	28	29	30	31

Notes

NOVEMBRE 2023

Semaine 46

LUNDI 13 — St Brice

MARDI 14 — St Sidoine

MERCREDI 15 — St Albert

JEUDI 16 — Ste Marguerite

VENDREDI 17 — Ste Élisabeth

SAMEDI 18 — Ste Aude

DIMANCHE 19 — St Tanguy

Menus

Courses

Missions de la semaine

TÂCHES	▶ QUI S'EN CHARGE ?
	▶
	▶
	▶
	▶
	▶
	▶
	▶
	▶

Astuce de la semaine

Faites sécher rapidement vos chaussures humides

Après une bonne averse, ôtez vos chaussures et placez-y du papier journal. Il absorbera l'humidité et, en prime, éliminera les mauvaises odeurs !

Novembre 2023

L	M	M	J	V	S	D
		1	2	3	4	5
6	7	8	9	10	11	12
13	14	15	16	17	18	19
20	21	22	23	24	25	26
27	28	29	30			

Décembre 2023

L	M	M	J	V	S	D
				1	2	3
4	5	6	7	8	9	10
11	12	13	14	15	16	17
18	19	20	21	22	23	24
25	26	27	28	29	30	31

Notes

NOVEMBRE 2023

Semaine 47

LUNDI **20** — St Edmond
Journée internationale des droits de l'enfant

MARDI **21** — St Rufus
Présentation de la Vierge Marie

MERCREDI **22** — Ste Cécile

JEUDI **23** — St Clément
Thanksgiving (États-Unis)

VENDREDI **24** — Ste Flora

SAMEDI **25** — Ste Catherine

DIMANCHE **26** — Ste Delphine

Menus

Courses

Missions de la semaine

TÂCHES	▶ QUI S'EN CHARGE ?
	▶
	▶
	▶
	▶
	▶
	▶
	▶
	▶

Astuce de la semaine

Conservez plus longtemps vos bananes

Les bananes ont tendance à mûrir très vite, alors, pour ralentir ce rythme, séparez-les les unes des autres. L'idéal, cependant, reste de les conserver suspendues à un crochet.

Novembre 2023

L	M	M	J	V	S	D
		1	2	3	4	5
6	7	8	9	10	11	12
13	14	15	16	17	18	19
20	21	22	23	24	25	26
27	28	29	30			

Décembre 2023

L	M	M	J	V	S	D
				1	2	3
4	5	6	7	8	9	10
11	12	13	14	15	16	17
18	19	20	21	22	23	24
25	26	27	28	29	30	31

Notes

Cadeaux de fin d'année :
commander mes Almaniaks
sur www.editions365.eu

NOV./DÉC. 2023

Semaine 48

LUNDI 27 — St Séverin

MARDI 28 — St Jacques de la Marche

MERCREDI 29 — St Saturnin

JEUDI 30 — St André

VENDREDI 1 — Ste Florence

Journée mondiale de la lutte contre le sida

SAMEDI 2 — Ste Viviane

Journée internationale pour l'abolition de l'esclavage

DIMANCHE 3 — St Xavier

Avent

Menus

DÉCEMBRE 2023

Lundi	Mardi	Mercredi	Jeudi
Janvier 2024	Février 2024		
4 S. 49	5	6	7
11 S. 50	12	13	14
18 S. 51	19	20	21
25 NOËL S. 52	26	27	28

Janvier 2024

L	M	M	J	V	S	D
1	2	3	4	5	6	7
8	9	10	11	12	13	14
15	16	17	18	19	20	21
22	23	24	25	26	27	28
29	30	31				

Février 2024

L	M	M	J	V	S	D
			1	2	3	4
5	6	7	8	9	10	11
12	13	14	15	16	17	18
19	20	21	22	23	24	25
26	27	28	29			

Vendredi	Samedi	Dimanche
1 S. 48	2	3
8	9	10
15	16 *Début des vacances scolaires*	17
22 *Hiver*	23	24
29	30	31

OBJECTIFS DU MOIS

- Préparer les vacances de Noël
- Acheter le sapin de Noël
- Faire les listes au père Noël
- Préparer les repas de fêtes
- Finir les achats de Noël
- Préparer la voiture pour l'hiver (antigel, pneus neige, chaînes, etc)
- Vérifier son inscription sur la liste électorale

Courses

Missions de la semaine

TÂCHES	QUI S'EN CHARGE ?

Astuce de la semaine

Nettoyez votre abat-jour

Aspirez votre abat-jour pour enlever la poussière, puis imbibez un chiffon d'eau savonneuse et frottez-le doucement. Pensez également à le tourner pour éviter qu'il ne passe trop avec le soleil !

Décembre 2023

L	M	M	J	V	S	D
				1	2	3
4	5	6	7	8	9	10
11	12	13	14	15	16	17
18	19	20	21	22	23	24
25	26	27	28	29	30	31

Janvier 2024

L	M	M	J	V	S	D
1	2	3	4	5	6	7
8	9	10	11	12	13	14
15	16	17	18	19	20	21
22	23	24	25	26	27	28
29	30	31				

Notes

DÉCEMBRE 2023

Semaine 49

LUNDI 4 — Ste Barbara

MARDI 5 — 🌘 St Gérald

MERCREDI 6 — St Nicolas

JEUDI 7 — St Ambroise
Hanoucca

VENDREDI 8 — St Hildeman
Immaculée Conception

SAMEDI 9 — St Pierre Fourier

DIMANCHE 10 — St Romaric
Journée internationale des droits de l'homme

Menus

Courses

Missions de la semaine

TÂCHES	▶ QUI S'EN CHARGE ?
	▶
	▶
	▶
	▶
	▶
	▶
	▶
	▶

Astuce de la semaine

Pour en finir avec les mites

Dans votre dressing, fini l'odeur désagréable de la naphtaline, utilisez du savon d'Alep ! Ce produit est tout aussi efficace contre les mites, mais bien plus naturel !

Décembre 2023

L	M	M	J	V	S	D
				1	2	3
4	5	6	7	8	9	10
11	12	13	14	15	16	17
18	19	20	21	22	23	24
25	26	27	28	29	30	31

Janvier 2024

L	M	M	J	V	S	D
1	2	3	4	5	6	7
8	9	10	11	12	13	14
15	16	17	18	19	20	21
22	23	24	25	26	27	28
29	30	31				

Notes

DÉCEMBRE 2023

Semaine 50

LUNDI **11** St Daniel

MARDI **12** St Corentin

MERCREDI **13** Ste Lucie

JEUDI **14** Ste Odile

VENDREDI **15** Ste Ninon

SAMEDI **16** Ste Alice

Début des vacances scolaires

DIMANCHE **17** St Gaël

Menus

Courses

Missions de la semaine

TÂCHES	▶ QUI S'EN CHARGE ?
	▶
	▶
	▶
	▶
	▶
	▶
	▶
	▶

Astuce de la semaine

Décorez vos vitres

Pour réaliser de jolies décorations de Noël sur vos vitres, utilisez du dentifrice en guise de peinture ! S'il n'est pas assez liquide, ajoutez-y 1 ou 2 gouttes d'eau !

Décembre 2023

L	M	M	J	V	S	D
				1	2	3
4	5	6	7	8	9	10
11	12	13	14	15	16	17
18	19	20	21	22	23	24
25	26	27	28	29	30	31

Janvier 2024

L	M	M	J	V	S	D
1	2	3	4	5	6	7
8	9	10	11	12	13	14
15	16	17	18	19	20	21
22	23	24	25	26	27	28
29	30	31				

Notes

Cadeaux de dernière minute :
penser aux Almaniaks

DÉCEMBRE 2023

Semaine 51

Menus

LUNDI 18 — St Gatien

MARDI 19 — ☽ St Urbain

MERCREDI 20 — St Théophile

JEUDI 21 — St Pierre Canisius

VENDREDI 22 — Ste Françoise-Xavière
Hiver

SAMEDI 23 — St Armand

DIMANCHE 24 — Ste Adèle

Courses

Missions de la semaine

TÂCHES	▶ QUI S'EN CHARGE ?
	▶
	▶
	▶
	▶
	▶
	▶
	▶
	▶

Astuce de la semaine

Récupérez votre pull en laine rétréci

Placez pendant 30 minutes votre pull en laine dans de l'eau tiède avec 2 cuillères à soupe d'après-shampoing, puis essorez-le dans une serviette et faites-le sécher à plat. Et hop, il aura retrouvé sa taille d'origine !

Décembre 2023

L	M	M	J	V	S	D
				1	2	3
4	5	6	7	8	9	10
11	12	13	14	15	16	17
18	19	20	21	22	23	24
25	26	27	28	29	30	31

Janvier 2024

L	M	M	J	V	S	D
1	2	3	4	5	6	7
8	9	10	11	12	13	14
15	16	17	18	19	20	21
22	23	24	25	26	27	28
29	30	31				

Notes

DÉCEMBRE 2023

Semaine 52

LUNDI 25 — St Emmanuel
Noël

MARDI 26 — St Étienne

MERCREDI 27 — ☺ St Jean

JEUDI 28 — Sts Innocents

VENDREDI 29 — St David

SAMEDI 30 — St Roger

DIMANCHE 31 — St Sylvestre

Menus

ANNIVERSAIRES À SOUHAITER

	Janvier	Février	Mars	Avril	Mai	Juin
1						
2						
3						
4						
5						
6						
7						
8						
9						
10						
11						
12						
13						
14						
15						
16						
17						
18						
19						
20						
21						
22						
23						
24						
25						
26						
27						
28						
29						
30						
31						

ANNIVERSAIRES À SOUHAITER

	Juillet	Août	Septembre	Octobre	Novembre	Décembre
1						
2						
3						
4						
5						
6						
7						
8						
9						
10						
11						
12						
13						
14						
15						
16						
17						
18						
19						
20						
21						
22						
23						
24						
25						
26						
27						
28						
29						
30						
31						

LES DÎNERS

SEPTEMBRE 2022

OCTOBRE 2022

JANVIER 2023

FÉVRIER 2023

MAI 2023

JUIN 2023

SEPTEMBRE 2023

OCTOBRE 2023

À ORGANISER

NOVEMBRE 2022

DÉCEMBRE 2022

MARS 2023

AVRIL 2023

JUILLET 2023

AOÛT 2023

NOVEMBRE 2023

DÉCEMBRE 2023

LES JOLIES CHOSES

SEPTEMBRE 2022

OCTOBRE 2022

JANVIER 2023

FÉVRIER 2023

MAI 2023

JUIN 2023

SEPTEMBRE 2023

OCTOBRE 2023

EN 2022-2023

NOVEMBRE 2022

DÉCEMBRE 2022

MARS 2023

AVRIL 2023

JUILLET 2023

AOÛT 2023

NOVEMBRE 2023

DÉCEMBRE 2023

IDÉES CADEAUX

Pour qui ?	Idée cadeau	Fait
		☐
		☐
		☐
		☐
		☐
		☐
		☐
		☐
		☐
		☐
		☐
		☐
		☐
		☐
		☐
		☐
		☐
		☐
		☐
		☐
		☐
		☐
		☐

IDÉES CADEAUX

Pour qui ?	Idée cadeau	Fait
		☐
		☐
		☐
		☐
		☐
		☐
		☐
		☐
		☐
		☐
		☐
		☐
		☐
		☐
		☐
		☐
		☐
		☐
		☐
		☐
		☐
		☐
		☐

PRÊTS

À qui ?	Quoi ?	Quand ?	Rendu ?
			☐
			☐
			☐
			☐
			☐
			☐
			☐
			☐
			☐
			☐
			☐
			☐
			☐
			☐
			☐
			☐
			☐
			☐
			☐
			☐
			☐
			☐
			☐
			☐
			☐

EMPRUNTS

À qui ?	Quoi ?	Quand ?	Rendu ?
			☐
			☐
			☐
			☐
			☐
			☐
			☐
			☐
			☐
			☐
			☐
			☐
			☐
			☐
			☐
			☐
			☐
			☐
			☐
			☐
			☐
			☐
			☐
			☐
			☐

IDENTIFIANTS UTILES

Service : ....

Site web ....

Identifiant .... Mot de passe ....

Service : ....

Site web ....

Identifiant .... Mot de passe ....

Service : ....

Site web ....

Identifiant .... Mot de passe ....

Service : ....

Site web ....

Identifiant .... Mot de passe ....

Service : ....

Site web ....

Identifiant .... Mot de passe ....

Service : ....

Site web ....

Identifiant .... Mot de passe ....

Service : ....

Site web ....

Identifiant .... Mot de passe ....

Service : ....

Site web ....

Identifiant .... Mot de passe ....

NUMÉROS UTILES

Divers

Ménage .... Serrurier ....
Plombier .... Électricien ....
Encombrants .... Aide à domicile ....
Électricité .... Gaz .... Eau ....
Garage ....
Chauffagiste ....

Taxis

Tél. .... Tél. .... Tél. ....

Livraisons à domicile

Nom .... Tél. .... Site/Login ....
Nom .... Tél. .... Site/Login ....
Nom .... Tél. .... Site/Login ....

Restaurants favoris

Nom .... Tél. ....
Adresse ....
Nom .... Tél. ....
Adresse ....
Nom .... Tél. ....
Adresse ....
Nom .... Tél. ....
Adresse ....

Sites web favoris

Nom .... www ....
Nom .... www ....
Nom .... www ....

ANIMAUX DE COMPAGNIE

Vétérinaire .... E-mail ....

Adresse .... Tél. ....

Toiletteur .... E-mail ....

Adresse .... Tél. ....

Centre antipoison pour les animaux ....

Animal trouvé tatoué : 09 77 40 30 77

SPA : 01 43 80 40 66

Fourrière ....

Nom ....

Date de naissance .... N° de tatouage/matricule ....

Allergies ....

Traitement en cours ....

Vaccins .... Faits le ....

Vermifugé le ....

Traitement antiparasitaire le ....

Visite annuelle chez le vétérinaire le ....

Toiletté le ....

Nom ....

Date de naissance .... N° de tatouage/matricule ....

Allergies ....

Traitement en cours ....

Vaccins .... Faits le ....

Vermifugé le ....

Traitement antiparasitaire le ....

Visite annuelle chez le vétérinaire le ....

Toiletté le ....

BUDGET VACANCES

	Vacances du .... au .... à	Vacances du .... au .... à	Vacances du .... au .... à ....
Catégories	**Montant**	**Montant**	**Montant**
Achats avant départ			
Logement			
Transport			
Transport à destination			
Alimentation			
Loisirs, sorties			
Sports, activités			
Cadeaux			
TOTAL			

Liste des choses à prendre pour les vacances

- Trousse de secours (voir page 211)
- Papiers d'identité, permis de conduire et leurs copies
- Billets d'avion, de train, etc.
- Papiers pour l'arrivée à destination (confirmation de réservation de l'hôtel avec l'adresse et le plan, etc.)
- Numéros de téléphone et adresses des proches
- Numéros de téléphone de la banque
- Guide de voyage et cartes
- Planning des vacances
- Appareil photo avec une carte mémoire
- Chargeurs de téléphones et d'appareil photo
- Jeux
- Ordonnances en cours
- Quelques vivres pour le transport

Hiver

- Bonnets, sous-gants, gants et écharpes
- Vêtements de pluie
- Parapluie
- Matériel de ski (combinaisons, skis, bâtons, snowboard, chaussures, casques, etc.)
- Lunettes de soleil de montagne
- Bombe antigel
- Chaînes pour les roues de voiture
- Couverture de survie
- Pelle
- Boussole

Été

- Jeux de plage
- Parasol
- Maillots de bain et serviettes de plage
- Lunettes de soleil et chapeaux
- Crèmes solaires
- Moustiquaires
- Gourdes
- Sac isotherme

CUISINE PRATIQUE

Voici quelques tableaux pour vous faciliter la vie à la maison et en cuisine !

Thermostat	° Celsius	° Fahrenheit
1	30	100
2	60	150
3	90	200
4	120	250
5	150	300
6	180	350
7	210	400
8	240	450
9	270	500

Proportions par personne adulte		
Plats	**Grammes**	**Livres**
Viande	150 à 200 (sans os) 125 à 150 (hachée)	1/3 lb à 2/5 lb (sans os) 1/4 lb à 1/3 lb (hachée)
Poisson	250 (entier) 200 (filet)	1/2 lb (entier) 2/5 lb (filet)
Salade (légumes, riz, pâtes...)	300 (plat principal) 200 (entrée)	3/5 lb (plat principal) 2/5 lb (entrée)
Garniture de légumes	175 à 200	1/3 lb à 2/5 lb
Pâtes (poids cuites)	125 (plat principal) 100 (garniture)	1/4 lb (plat principal) 1/5 lb (garniture)
Riz (poids cuit)	120 (plat principal) 75 (garniture)	1/4 lb (plat principal) 1/5 lb (garniture)
Fruits (salade, compote...)	125 à 150	1/4 lb

Cuisson des œufs

Coque	3 minutes
Mollet	6 minutes
Dur	9 minutes

Contenances	Mesures anglo-saxonnes	Millilitres	Grammes
1 cuillère à café	1 cuillère à thé	5	5 (sel, sucre, café) 4 (farine, semoule) 3 (cacao, fécule)
1 cuillère à soupe	1 cuillère à table	15	15 (sucre, beurre) 12 (farine, crème fraîche)
1 verre à liqueur	1/8 de tasse ou 1 oz	30	–
1 tasse à café	3/8 de tasse ou 3 oz	100	–
1 verre à moutarde	5/8 de tasse ou 5 oz	150	100
1 grand verre	1 tasse ou 8 oz	250	150 (farine, semoule) 200 (riz) 220 (sucre)
1 bol	–	350	300 (riz) 220 (farine)

Litre	DL	CL	ML	Tasse
1	10	100	1 000	4
3/4	7,5	75	750	3
1/2	5	50	500	2
1/4	2,5	25	250	1
1/8	1,25	12,5	125	1/2

TEMPS DE CUISSON

Tableau de cuisson des légumes à l'eau ou à la vapeur		
Légumes	**Eau**	**Vapeur**
Asperges	15-20 min	12-18 min
Brocolis	10-15 min	5 min
Carottes	15-20 min	8-12 min
Choux blancs	15 min	20 min
Choux-fleurs	15-20 min	5-10 min
Courgettes	10-15 min	9 min
Épinards	12-15 min	6-8 min
Haricots verts	10-15 min	10-15 min
Navets	15-20 min	6 min
Petits pois	20 min	15 min
Poireaux	15-25 min	15 min
Pommes de terre	Env. 20 min	20 min
Potirons	15-20 min	6-8 min

Tableau de cuisson de la viande au four		
Viande	**Durée**	**Température**
Canard	50 min	220 °C / 430 °F
Carré d'agneau	15-20 min	230 °C / 450 °F
Filet mignon de porc	20-30 min	250 °C / 480 °F
Gigot d'agneau	15 min par 500 g	220 °C / 430 °F
Lapin	30 min	200 °C / 390 °F
Poulet	30 min par 500 g	180 °C / 350 °F
Rôti de bœuf	10 min par 500 g (saignant) 15 min par 500 g (à point) 20 min par 500 g (bien cuit)	200 °C / 390 °F
Rôti de porc	30 min par 500 g	110 °C / 230 °F
Rôti de veau	20-25 min par 500 g	200 °C / 390 °F

Tableau de cuisson du poisson au four ou à l'eau		
Poisson	**Four**	**Eau**
Bar	25 min sur gril	25 min
Cabillaud	15-20 min à 200 °C / 390 °F	10 min
Colin	10-15 min à 180 °C / 350 °F	15 min
Crabe	–	15-20 min
Dorade	30 min à 180 °C / 350 °F	10-15 min
Homard	15 min à 200 °C / 390 °F	12 min pour 450 g
Lieu	20 min à 180 °C / 350 °F	15 min
Moules	–	5-10 min
Saumon	25 min à 180 °C / 350 °F	10 min
Thon	15 min à 200 °C / 390 °F	25 min

CALENDRIER DES FRUITS & LÉGUMES

	DÉCEMBRE	JANVIER	FÉVRIER	MARS	AVRIL	MAI	JUIN	JUILLET	AOÛT	SEPTEMBRE	OCTOBRE	NOVEMBRE
abricot								●	●			
cerise							●	●	●			
fraise						●	●	●	●			
framboise							●	●	●	●		
melon							●	●	●			
nectarine							●	●	●	●		
pêche							●	●	●	●		
poire	●	●							●	●	●	●
pomme	●	●	●	●	●						●	●
prune								●	●	●	●	
raisin										●	●	
ail					●	●	●	●	●			
artichaut							●	●	●	●		
asperge					●	●	●					
aubergine						●	●	●	●	●		
carotte	●	●	●	●	●	●	●	●	●	●	●	●
chou	●	●	●	●	●	●	●	●	●	●	●	●
chou-fleur						●	●	●	●	●	●	
concombre						●	●	●	●	●		
courge	●	●							●	●	●	●
courgette							●	●	●	●		
haricot vert							●	●	●	●		
mâche	●	●	●									●
navet							●	●	●	●		
oignon	●	●	●	●	●	●	●	●	●	●	●	●
petit pois							●	●				
poireau								●	●	●	●	
poivron							●	●	●	●	●	
pomme de terre	●	●	●			●	●	●	●	●	●	●
potiron								●	●	●	●	
radis					●	●	●	●				
salade	●	●	●	●	●	●	●	●	●	●	●	●
tomate						●	●	●	●	●		

IDÉES DE MENUS SIMPLES ET RAPIDES POUR LA SEMAINE

Entrée	Plat	Dessert
Salade de tomates et de feta	Pavés de saumon et épinards	Glace
Salade de chèvre chaud	Riz cantonais	Compote pommes-vanille
Soupe de concombres	Émincés de poulet à la crème et petits pois	Yaourts
Carottes râpées	Côtes de porc et haricots verts	Fruits
Salade verte	Tarte au thon et à la tomate	Crèmes dessert
Taboulé	Omelette aux champignons	Fromage blanc et coulis de fruits rouges
Betteraves	Crevettes au curry et riz	Salade de fruits
Soupe de légumes	Quiche	Pommes au four
Salade de tomates	Croque-monsieur	Petits suisses
Avocats	Ratatouille et blancs de poulet	Moelleux au chocolat
Melon	Steaks hachés et purée de pommes de terre	Panna cotta
Salade grecque	Escalopes de veau et gratin de chou-fleur	Flans à la vanille
Asperges	Pâtes à la carbonara	Crumble à la poire
Crudités au thon	Pizza 3 fromages	Fruits
Rillettes	Cabillaud en papillotes	Tarte aux pommes

MAISON PRATIQUE

Pièce . . . .

Taille en m² . . . .

Taille couette/draps . . . .

Taille rideaux . . . .

Réf. peinture . . . .

Autre . . . .

Pièce . . . .

Taille en m² . . . .

Taille couette/draps . . . .

Taille rideaux . . . .

Réf. peinture . . . .

Autre . . . .

Pièce . . . .

Taille en m² . . . .

Taille couette/draps . . . .

Taille rideaux . . . .

Réf. peinture . . . .

Autre . . . .

Boîte à outils idéale

Voici de quoi composer votre boîte à outils idéale pour parer à tous les petits bricolages du quotidien !

- Tournevis isolant plat
- Tournevis isolant cruciforme
- Marteau
- Cutter
- Crayon de menuisier
- Pince à usage multiple
- Clé à molette
- Clé à cliquet
- Clés plates et à œil
- Clés Allen
- Niveau
- Serre-joint
- Perceuse-visseuse avec quelques mèches à bois, béton et métal
- Scie égoïne
- Rabot
- Pointes
- Vis
- Clous
- Chevilles
- Glue
- Colle à bois
- Papier de verre
- Pinceaux

Astuces pour éliminer les taches récalcitrantes	
Graisse	Tamponner avec un papier absorbant, puis, avec un chiffon, appliquer un produit à base de trichloréthylène et saupoudrer de talc. Appliquer de l'eau ammoniaquée en petite dose pour un vêtement de couleur.
Café	Frotter du savon de Marseille sur la tache, laisser agir, puis laver en machine. On peut également utiliser du jaune d'œuf dilué dans de l'eau chaude.
Vin rouge	Frotter la tache avec du savon de Marseille sec, puis laver en machine.
Thé	Frotter la tache avec du savon ou un chiffon imprégné de jus de citron.
Fruits rouges	Tamponner avec un chiffon trempé dans du jus de citron.
Chocolat	Tamponner avec du vinaigre blanc dilué (2 cuillères à soupe dans 25 cl d'eau).
Herbe	Frotter avec un chiffon trempé dans du jus de citron, ou de l'alcool à brûler pour un tissu fragile.
Stylo à bille	Frotter avec de l'alcool à brûler.
Rouge à lèvres	Tamponner avec un coton imbibé de trichloréthylène ou d'éther.
Cambouis	Gratter l'excédent, puis appliquer du beurre sur la tache et laisser reposer avant de rincer à l'eau savonneuse.
Sang	Tamponner la tache avec du sérum physiologique ou de l'amidon.
Chewing-gum	Poser des glaçons sur la tache. Gratter avec la pointe d'un couteau, puis frotter avec un chiffon imbibé d'alcool ménager ou de vinaigre.
Boue	Laisser sécher la boue, puis frotter la tache avec un chiffon imbibé de vinaigre blanc.
Tomate	Frotter la tache avec un chiffon imbibé d'alcool à 90°.
Carotte	Tamponner la tache avec un chiffon imbibé d'alcool à brûler.
Cirage	Gratter l'excédent de cirage, puis frictionner la tache avec un chiffon imbibé de jus de citron et de sel.
Vernis à ongles	Frictionner la tache avec un chiffon imbibé d'ammoniaque, puis appliquer du talc et laisser agir. Si la tache persiste, poser un tissu épais dessus et vaporiser la vapeur d'un fer à repasser chaud.
Transpiration	Appliquer du vinaigre blanc avant de passer en machine.
Selles de bébé	Plonger le tissu dans un bain de savon de Marseille. Si la tache persiste, la tamponner avec un chiffon imbibé d'ammoniaque.

Trousse à pharmacie idéale

Voici la trousse à pharmacie idéale à avoir toujours à la maison pour soigner les petits bobos de toute la famille.

- Paracétamol ou aspirine
- Pastilles contre le mal de gorge
- Thermomètre
- Comprimés contre les nausées en voyage
- Pommade à l'arnica
- Crème solaire et crème pour les brûlures
- Anti-moustique et crème apaisante
- Sérum physiologique
- Pansements et sparadraps
- Compresses stériles
- Bandages
- Lotion antiseptique
- Gel nettoyant pour les mains
- Pince à épiler
- Pince à tique
- Paire de ciseaux
- Antidiarrhéique
- Antispasmodique

CALENDRIER 2024

Janvier 2024

	1	L	Jour de l'An
	2	M	
	3	M	
1	4	J	
	5	V	
	6	S	
	7	D	
	8	L	
	9	M	
	10	M	
2	11	J	
	12	V	
	13	S	
	14	D	
	15	L	
	16	M	
	17	M	
3	18	J	
	19	V	
	20	S	
	21	D	
	22	L	
	23	M	
	24	M	
4	25	J	
	26	V	
	27	S	
	28	D	
	29	L	
5	30	M	
	31	M	

Février 2024

	1	J	
5	2	V	
	3	S	
	4	D	
	5	L	
	6	M	
	7	M	
6	8	J	
	9	V	
	10	S	
	11	D	
	12	L	
	13	M	
	14	M	
7	15	J	
	16	V	
	17	S	
	18	D	
	19	L	
	20	M	
	21	M	
8	22	J	
	23	V	
	24	S	
	25	D	
	26	L	
9	27	M	
	28	M	
	29	J	

Mars 2024

	1	V	
9	2	S	
	3	D	
	4	L	
	5	M	
	6	M	
10	7	J	
	8	V	
	9	S	
	10	D	
	11	L	
	12	M	
	13	M	
11	14	J	
	15	V	
	16	S	
	17	D	
	18	L	
	19	M	
	20	M	
12	21	J	
	22	V	
	23	S	
	24	D	
	25	L	
	26	M	
	27	M	
13	28	J	
	29	V	
	30	S	
	31	D	Pâques

Avril 2024

	1	L	Lundi de Pâques
	2	M	
	3	M	
14	4	J	
	5	V	
	6	S	
	7	D	
	8	L	
	9	M	
	10	M	
15	11	J	
	12	V	
	13	S	
	14	D	
	15	L	
	16	M	
	17	M	
16	18	J	
	19	V	
	20	S	
	21	D	
	22	L	
	23	M	
	24	M	
17	25	J	
	26	V	
	27	S	
	28	D	
18	29	L	
	30	M	

Mai 2024

	1	M	Fête du Travail
	2	J	
18	3	V	
	4	S	
	5	D	
	6	L	
	7	M	
	8	M	Victoire 1945
19	9	J	Ascension
	10	V	
	11	S	
	12	D	
	13	L	
	14	M	
	15	M	
20	16	J	
	17	V	
	18	S	
	19	D	Pentecôte
	20	L	Lundi de Pentecôte
	21	M	
	22	M	
21	23	J	
	24	V	
	25	S	
	26	D	
	27	L	
	28	M	
22	29	M	
	30	J	
	31	V	

Juin 2024

22	1	S	
	2	D	
	3	L	
	4	M	
	5	M	
23	6	J	
	7	V	
	8	S	
	9	D	
	10	L	
	11	M	
	12	M	
24	13	J	
	14	V	
	15	S	
	16	D	
	17	L	
	18	M	
	19	M	
25	20	J	
	21	V	
	22	S	
	23	D	
	24	L	
	25	M	
	26	M	
26	27	J	
	28	V	
	29	S	
	30	D	

Juillet 2024

	1	L	
	2	M	
	3	M	
27	4	J	
	5	V	
	6	S	
	7	D	
	8	L	
	9	M	
	10	M	
28	11	J	
	12	V	
	13	S	
	14	D	Fête nat. française
	15	L	
	16	M	
	17	M	
29	18	J	
	19	V	
	20	S	
	21	D	
	22	L	
	23	M	
	24	M	
30	25	J	
	26	V	
	27	S	
	28	D	
	29	L	
31	30	M	
	31	M	

Août 2024

	1	J	
31	2	V	
	3	S	
	4	D	
	5	L	
	6	M	
	7	M	
32	8	J	
	9	V	
	10	S	
	11	D	
	12	L	
	13	M	
	14	M	
33	15	J	Assomption
	16	V	
	17	S	
	18	D	
	19	L	
	20	M	
	21	M	
34	22	J	
	23	V	
	24	S	
	25	D	
	26	L	
	27	M	
	28	M	
35	29	J	
	30	V	
	31	S	

Septembre 2024

35	1	D	
	2	L	
	3	M	
	4	M	
36	5	J	
	6	V	
	7	S	
	8	D	
	9	L	
	10	M	
	11	M	
37	12	J	
	13	V	
	14	S	
	15	D	
	16	L	
	17	M	
	18	M	
38	19	J	
	20	V	
	21	S	
	22	D	
	23	L	
	24	M	
	25	M	
39	26	J	
	27	V	
	28	S	
	29	D	
40	30	L	

Octobre 2024

	1	M	
	2	M	
40	3	J	
	4	V	
	5	S	
	6	D	
	7	L	
	8	M	
	9	M	
41	10	J	
	11	V	
	12	S	
	13	D	
	14	L	
	15	M	
	16	M	
42	17	J	
	18	V	
	19	S	
	20	D	
	21	L	
	22	M	
	23	M	
43	24	J	
	25	V	
	26	S	
	27	D	
	28	L	
	29	M	
44	30	M	
	31	J	

Novembre 2024

	1	V	Toussaint
44	2	S	
	3	D	
	4	L	
	5	M	
	6	M	
45	7	J	
	8	V	
	9	S	
	10	D	
	11	L	Armistice de 1918
	12	M	
	13	M	
46	14	J	
	15	V	
	16	S	
	17	D	
	18	L	
	19	M	
	20	M	
47	21	J	
	22	V	
	23	S	
	24	D	
	25	L	
	26	M	
	27	M	
48	28	J	
	29	V	
	30	S	

Décembre 2024

48	1	D	
	2	L	
	3	M	
	4	M	
49	5	J	
	6	V	
	7	S	
	8	D	
	9	L	
	10	M	
	11	M	
50	12	J	
	13	V	
	14	S	
	15	D	
	16	L	
	17	M	
	18	M	
51	19	J	
	20	V	
	21	S	
	22	D	
	23	L	
	24	M	
	25	M	Noël
52	26	J	
	27	V	
	28	S	
	29	D	
1	30	L	
	31	M	

Agenda familial Mémoniak 2022-2023

VOTRE AVIS NOUS INTÉRESSE

N'hésitez pas à nous faire part de vos remarques, commentaires, suggestions et critiques. Vous nous aiderez ainsi à améliorer la prochaine édition.

Ce que vous avez particulièrement apprécié :

Ce qui pourrait être amélioré :

Ce qui devrait être ajouté :

Ce qui vous semble inadapté ou inutile :

Et aussi :

Vos coordonnées (facultatif)

Nom Prénom

Adresse

Code postal Ville

E-mail @

Détachez cette page après l'avoir complétée, et renvoyez-la à :
Éditions 365 – Agenda familial – 57, rue Gaston-Tessier – 75019 Paris
Vous pouvez aussi nous adresser vos commentaires à contact@editions365.fr

NOTES

NOTES

L'imprimeur utilise du papier issu de forêts gérées durablement et des encres végétales respectueuses de l'environnement.

Imprimé en RPC en novembre 2021.

INDEX DES ASTUCES